KB262790

종수의 귀환

FUSION FANTASTIC STORY

텀블러 장편 소설

총수의 귀환 1

팀블러 장편 소설

초판 1쇄 찍은 날 § 2013년 4월 19일
초판 1쇄 펴낸 날 § 2013년 4월 26일

지은이 § 팀블러
펴낸이 § 서경석

편집부장 § 권태완
편집책임 § 박우진
편집 § 박은정
디자인 § 신현아

펴낸곳 § 도서출판 청어람
등록번호 § 제1081-1-89호
등록일자 § 1999. 5. 31
어람번호 § 제1-1586호

주소 § 경기도 부천시 원미구 심곡2동 163-2 서경B/D 3F (우) 420-822
전화 § 032-656-4452팩스 § 032-656-4453
http://www.chungeoram.com
E-mail § chungeorambook@daum.net

ⓒ 팀블러, 2013

ISBN 978-89-251-3260-0 04810
ISBN 978-89-251-3259-4 (세트)

총수의 귀환

FUSION FANTASTIC STORY

텀블러 장편 소설

1

청어람

Contents

프롤로그

황량한 사막의 한가운데, 젊은 청년이 모래벌판 위를 맨발
로 질주하고 있다.

"헉헉!"

발은 다 까져 있고 얼굴에는 여기저기 피딱지가 잔뜩 앉아
원래의 몰골을 알아보기 힘들 정도이다.

연신 뒤를 돌아보며 달리던 그의 얼굴에 절박함이 묻어나는
듯하다.

"씨발!"

그의 이름은 강은우. 뉴스에도 몇 번 얼굴을 내비쳤던 천재
과학자이다.

게다가 그는 현재 대한민국 열 손가락 안에 드는 재벌가 화

진그룹의 후계자로서 세간의 주목을 받는 상태였다.

어째서 그런 그가 이런 황량한 사막을 맨발로 달리고 있는 것일까?

어린 시절, 그는 대한민국에서 가장 부유한 가정에서 자랐다.

게다가 국가정보원에서 스카우트 제의를 해올 만큼 뛰어난 두뇌를 가진 수재였으며, 가문에서 유일하게 대를 이을 수 있는 장손이었다.

그런 그에게 집안의 기대는 엄청난 것이었고, 연구에 관한 것이라면 물불을 가리지 않고 몰두할 수밖에 없도록 만들었다.

그리하여 그는 KAIST(한국과학기술연구원) 부속대학에 다소 빠른 나이인 15세의 나이에 입학하였다.

그 이후로는 오로지 미래 산업에너지에 관한 연구에만 몰두했다.

그리고 22세. 마침내 그는 초고농축 우라늄 발전에 대한 핵심 기술을 완성 단계에까지 올려놓는다.

기존 원자력 발전의 100배 이상의 전력을 얻을 수 있는 초고농축 우라늄 발전은 물리학계에 센세이션을 불러일으킬 정도로 이슈가 되었다.

그로부터 약 2년 후, 그는 물리학계의 주목을 받으면서 초고농축 우라늄을 상용화시킨다.

이때 그의 나이는 불과 24세였다.

이런 업적을 두고 세계에서도 은우를 지구상에서 가장 뛰어난 천재 중 한 명으로 인정하고 노벨상 수상까지 고려하기도 했다.

하지만 그의 기구한 운명은 25세를 넘지 못할 것으로 보였다.

어처구니없게도 그가 생부처럼 따르던 양아버지 강진명 회장으로 인하여 죽음을 맞이할 상황에 놓이게 된 것이다.

타앙!

은우의 귓가로 권총 탄환이 스쳤다.

서걱!

"커헉!"

그러나 그가 지금 죽으려는 사인은 총상도 아닌 심장마비다.

두근!

"허어어억!"

총알이 귓가를 스쳤을 뿐이지만 유난히도 심장이 약했던 은우의 머리에서는 총알이 귀가 아닌 머리를 관통했다고 착각해 버린 것이다.

25세의 젊은 나이, 은우의 몸이 서서히 옆으로 기울어졌다.

눈앞의 세상이 빙글빙글 도는 동안 그는 마지막으로 뜨거운 눈물을 뿜어냈다.

'빌어먹을……'

CHAPTER 01
억세게 운 나쁜, 그리고 행운의 사나이

　25세의 짧은 삶, 억울하게 죽은 은우의 영혼은 끝내 안식을 갖지 못했다.

　그의 영혼은 공교롭게도 정상적으로 소천하지 못하고 지구가 아닌 엉뚱한 곳으로 날아가 버린 것이다.

　은우가 다시 눈을 떴을 때, 그곳은 전혀 새로운 공간이었다.

　주변에는 생전 처음 보는 괴물들이 판을 쳤고, 배신을 당한 황당함 따위는 금방 잊어버릴 만한 광경이었다.

　그의 영혼이 떨어진 곳은 루야나드라는 곳으로, 한창 이종족과 인간의 전쟁이 벌어지는 곳이었다.

　차라리 지구는 인간들끼리 지지고 볶기 때문에 최소한 평화 협정이라는 것을 맺을 수 있었다.

하지만 이곳의 상황은 전혀 달랐다.

루야나드 대륙이 생기기 전, 이곳에서는 천족과 마족이 싸움을 벌인 신마대전이 일어났다.

결과는 천족의 압승이었지만, 마계에서 계속해서 힘을 키운 마족들은 인간의 괄시를 받는 이종족을 이용하여 다시 중간계를 지배할 야욕을 품었던 것이다.

신마대전 이후, 중간계에 내려올 수 없게 된 천족은 인간에게 몇 차례 경고를 했지만 이미 오만해질 대로 오만해진 인간들은 그들의 말을 들을 생각도 하지 않았다.

결국 이종족의 몸을 입은 마족의 등장으로 인하여 인간을 제외한 모든 유사 종족이 힘을 합치는 이변이 일어났다.

그리고 그들이 수족처럼 부리는 괴물들 또한 힘을 보탬으로써 인간은 사상 최대의 의기를 맞았던 것이다.

이런 상황에서 은우가 할 수 있는 일은 자신을 단련시키는 것뿐이었고, 그는 스스로를 담금질하여 검을 익혔다.

혈혈단신, 자신 한 몸을 지키기 위해 동굴에 처박힌 은우는 뜻하지 않은 기연을 만나게 되었다.

아무도 살지 않는 동굴에서 비밀스러운 상자에 담긴 서책을 하나 발견하게 된 것이다.

심상치 않은 기운이 뿜어져 나오는 서책. 은우는 오로지 서책의 그림만으로 검의 신세계를 발견하게 되었다.

하지만 그림 이외의 언어가 없다면 그의 발전은 기대할 수 없는 수준이었다.

그림만으로는 전체적인 이해가 불가능했기 때문이다.

그리하여 그는 근처 마을에서 다섯 살 아이들이 사용하는 서책을 도둑질하여 언어를 습득했다.

그렇게 약 5년간 수련을 마친 결과 그는 무공으로 이룰 수 있는 최고의 단계에 이르게 되었다.

살아남기 위해 무공을 익혔지만 이곳에서 그는 이방인에 불과했다.

무공을 익혀 천하무적이 되어봐야 그가 해야 할 일은 아무것도 없었던 것이다.

그렇게 허송세월을 보내던 은우에게 특별한 인연이 하나 더 찾아온다.

대륙 최고의 마법사라고 불리던 현자 루시엘이 은우의 사정을 듣고는 한 가지 제안을 한 것이다.

인류가 궁지에 몰린 것은 순전히 마족 때문이고, 그들을 물리치면 이 세상은 평화로워질 수 있을 것이라는 것이다.

그런데 은우가 집으로 돌아갈 수 있는 조건 또한 그들을 죽여야 얻을 수 있었다.

이곳에 남은 그의 영혼과 육신을 다시 지구로 돌려보낼 수 있는 방법, 그 결정체가 마족의 몸속에 있다는 것이다.

결국 은우는 차근차근 마족들을 몰살시키며 중간계의 조율자로 등극했고, 인간들은 그를 중심으로 똘똘 뭉치게 되었다.

수많은 전투에서 유감없이 실력을 발휘한 은우는 이내 검황의 칭호를 얻었고, 사람들은 그를 황제와 다름없이 따랐다.

*　　　*　　　*

붉은색 깃발이 나부끼는 전장, 병사들의 얼굴에는 긴장감이 역력했다.

"후우……."

심호흡으로 마음을 가다듬은 은우가 검을 뽑아 들었다.

스르릉!

그리고는 자신의 애마 알렉스의 찰진 갈기털을 만지작거렸다.

'집으로 가는 거다.'

온통 피로 물든 대지, 이 끝도 없는 싸움의 종지부를 찍기 위한 그의 집념은 오로지 한 가지를 향하고 있다.

그것은 무소불위의 권력을 위한 것도 아니요, 불로장생을 위한 것도 아니었다.

오로지 하나, 진짜 자신을 되찾겠다는 의지였다.

굳은 의지의 은우가 군사들에게 소리쳤다.

"쏴라!"

화살이 날아가며 적의 진영을 흐트러뜨린다.

핑핑핑!

"쿠웨에에엑!"

요상한 비명을 지르며 적들이 하나둘 쓰러져 나갔다.

이윽고 그는 자신의 뒤를 따르는 기마대에게 돌격을 명했다.

"기마대 돌격!"

"와아아아아!"

"루야나드를 위하여!"

"검황 폐하 만세!"

전투마를 타고 돌격하던 은우의 머리로 거대한 바스타드소
드가 스쳐 지나갔다.

부웅!

가볍게 머리를 숙인 은우가 유사 인종 연방군 백부장의 머
리를 능숙하게 베어내었다.

퍼억!

푸하악!

초록색 혈액이 그의 얼굴에 튀어 오르며 본격적인 백병전이
벌어졌다.

은우는 적진 가장 높은 곳에 있는 마왕을 바라보며 사자후
를 터뜨렸다.

"적장이 바로 눈앞에 있다! 멈추지 말고 돌격해라!"

끝도 없이 펼쳐져 온 전투의 끝, 은우는 자신이 낼 수 있는
가장 강력한 무공을 발동시켰다.

'극의, 빙결십칠식!'

그의 검끝이 순식간에 극한의 기운을 머금는다.

그리고 고대인들이 만든 가공할 만한 무공이 그의 몸을 뒤
덮었다.

다그닥다그닥!

잠시 후, 말을 타고 달리던 그의 신형이 전방을 향하여 마치 총알처럼 튀어 올랐다.

슈아아악!

그가 지금까지 쌓아온 내공과 마족의 몸에서 뽑아낸 마력의 결정체가 서로 상생을 이루며 마왕을 능가하는 공력을 뿜어낸다.

하지만 마왕 역시 그리 호락호락하지는 않는다.

―이몸이 그리 쉽게 당할 것이라 생각했는가?!

검은색 오오라가 피어오른 그의 검이 은우의 일검을 막아내었다.

까앙!

그러나 은우의 검은 지금 이곳 중간계의 대자연과 가장 많이 닮았다.

마계에서 올라온 마기와는 정반대의 성질을 가지고 있는 것이다.

"아쉽지만 이번 합은 여기서 끝내도록 하지."

은우의 검이 일만 개로 갈라지며 검끝에 백색 기운을 불어넣었다.

촤라라락!

마왕의 힘을 뛰어넘는 일만 개의 초식은 마계의 지배자 마왕을 가뿐히 제압했다.

채재재재쟁!

서걱!

　─크아아악!

　마왕의 사지가 모두 잘려 나갔다. 은우가 간신히 거친 숨을 몰아쉬었다.

　이제 은우는 이 여행의 종지부를 찍기 위해 검 대신 손끝에 내공을 집중시켰다.

　그리고는 날카롭게 벼려진 손을 마왕의 심장에 정확히 찔러 넣었다.

　푸욱!

　─허어어억!

　일반인의 머리통만 한 마왕의 심장이 역동적으로 고동치고 있다.

　두근두근!

　은우는 더 이상 고민할 것도 없다는 듯 심장을 집어삼켰다.

　꿀꺽!

　이미 마왕의 영혼은 지하로 날아간 후였고, 싸늘하게 식어 버린 그의 육신은 은우의 얼굴을 가만히 바라볼 뿐이다.

　상급 마족의 심장과는 차원이 다른 마기가 은우의 심장을 공격해 들어왔다.

　쿵쾅!

　하지만 은우는 자연스럽게 그 마기가 그의 몸속으로 융합되도록 내버려 두었다.

　자연의 기운을 타고 서서히 몸속으로 스며들기를 바란 것이다.

그렇게 얼마나 시간이 흘렀을까?

그의 몸이 서서히 밝은 빛으로 물들더니 이내 육신의 탈을 벗어던져 버렸다.

루시엘의 말대로 그의 몸은 마계의 순수한 마력을 머금어 드디어 영혼이 육신으로부터 자유로워진 것이다.

자연적인 유체이탈을 경험하게 된 그에게 인간과 마족의 전쟁을 지켜보고 있던 천족의 대리인이 다가왔다.

[헌신적이고 용감한 이방인 수호자여, 당신을 쭉 지켜보았습니다. 이제 드디어 당신만의 편안한 안식을 얻을 수 있게 되었군요.]

은우는 그녀의 말에 동의할 수 없었다.

"나는 더 이상 이곳에 머무르고 싶지 않습니다. 내가 태어난 나의 고향, 나의 집으로 돌아가고 싶은 마음뿐입니다."

[배신자와 협잡꾼뿐인 그곳으로 다시 돌아가고 싶다는 건가요?]

"내 평생의 소원이 있다면, 고향 땅을 한번 밟아보는 겁니다. 그리고 억울하게 죽어간 내 부모님의 원혼을 평안히 잠들게 하고 싶습니다."

그녀의 눈부신 미소가 은우를 향한다.

[좋습니다. 나를 희생해서 당신을 고향으로 돌려보내 드리겠습니다.]

"나를 위해 당신을 희생한다? 당신이 왜 나를 위해 희생하는 거죠?"

[우리의 세계를 지켜준 보답이라고 해둘게요.]

이윽고 그의 영혼이 따뜻하고 환한 빛으로 물들기 시작했다.

＊　　　＊　　　＊

삐이―

귓가에 아주 길고 날카로운 소리가 들린다.

눈앞은 흐릿하고 머릿속은 온통 하얀색으로 색칠이 되어 있는 듯하다.

그렇게 얼마나 많은 시간이 흘렀을까?

은우는 가까스로 눈을 떴다.

그리고 그가 몸을 일으켰을 때, 그의 주변 환경은 이제 지구의 양식으로 변해 있었다.

이윽고 그의 볼을 타고 굵은 눈물이 사정없이 흘러내린다.

"흑흑……."

그것은 고향에 대한 그리움도 아니고 살아 있다는 안도의 눈물도 아니었다.

은우의 눈물은 친아버지와 자신을 이용하다 버린 강진명에 대한 분노였다.

은우가 루야나드 대륙으로 오기 전, 그는 친부에 대한 조사를 진행하고 있었다.

어렴풋하게나마 그는 어린 시절 자신이 양자로 화진그룹에 들어왔다는 것을 기억하고 있었던 것이다.

그리하여 생부에 대한 언질을 하지 않는 강진명을 대신하여 친부 이성화에 대한 조사를 하기로 마음먹었다.

하지만 조사 결과는 가히 충격적이었다.

그의 아버지 이성화는 한국 최고의 핵물리학자였다.

당시 강진명은 이성화의 단짝으로서 정부와 그를 이어주는 중개인의 역할을 담당하고 있었다.

같은 동네에서 나고 자랐지만 둘이 걷는 길은 너무나 달라 진명은 언제나 성화의 뒤에서 그를 보좌하고 밀어주는 역할이었다.

잘나가는 과학자, 그의 그림자였던 강진명은 세상은 주인공에게만 스포트라이트를 비춘다는 것을 깨닫게 된다.

이에 강진명은 이성화를 담보로 정부와 협상을 벌이게 된다.

협상 내용은 러시아의 비밀 기술인 초고농축 우라늄 원자로 기술을 이성화가 완성한다는 조건이었다.

지금까지의 에너지 경쟁을 한 번에 종식시킬 신형 원자로의 개발은 정부의 마음을 상당히 손쉽게 움직였고, 그는 단박에 에너지 산업에 뛰어들어 거부가 되었다.

그런 그의 화진그룹에 문제가 하나 생겼다.

이성화와의 공동 명의로 정부에서 원조를 받고 있던 강진명은 동업이 가져오는 거대한 벽에 가로막히게 된 것이다.

이사회와 사장단을 완벽하게 장악했지만, 결정적으로 이성화가 조금만 마음을 바꿔먹으면 언제라도 회사의 근간이 흔들릴 수도 있는 상황인 것이다.

그런 불안함이 조성되는 가운데, 드디어 이성화가 경영에 서서히 모습을 드러내기 시작한다.

경영권이 부실해진 강진명은 이성화가 자신의 의사 표현을 할 수 없도록 만들기로 한다.

결국 부와 명예에 심취한 강진명은 철저한 계획 속에 사고를 가장하여 그에게 린치를 가했다.

하지만 그가 준비한 것은 교통사고. 결과는 안타깝게도 식물인간 상태가 아닌 사망이었다.

그로 인하여 이성화의 가정은 산산조각 나버렸고, 그의 아내 역시 충격으로 세상을 떠난다.

이런 비인륜적인 일을 벌인 그는 단독 의사로 회사를 경영할 수 있다는 이점이 생겼지만, 역으로 원조의 핵심이었던 이성화가 없어지는 바람에 무지막지한 타격을 입게 된 것이다.

그리하여 강진명은 한 가지 묘안을 낸다.

그의 아들 은우 역시 아버지를 뛰어넘는 천재의 재목이라는 것을 이용하는 일이었다.

불과 일곱 살에 불과했던 은우는 아버지의 죽음과 더불어 어머니까지 여의는 사고를 당하면서 자연스럽게 그의 후원자였던 강진명에게로 입양되게 된다.

그런 그를 국가에 소개하고 천재성 테스트를 거친 결과, 국가는 은우에게 모든 것을 올인하기로 마음먹는다.

게다가 함께 신형 원자로 개발에 착수했던 국가들은 원천 기술 선점을 위하여 은우에게 접근했고, 화진그룹은 그러면 그럴수록 더욱 발전해 나갔다.

원래는 은우에게 돌아가야 할 지분을 모두 스스로 흡수해 버린 강진명은 뻔뻔하게 이성화로도 모자라 그의 아들까지 이용하는 파렴치한 일을 벌였던 것이다.

이 사실을 모두 알아챈 은우가 계부인 강진명에게 이 일을 따지고 들자, 그는 그룹의 근간이 흔들리는 일을 원천에 차단해 버린다.

그 방법은 바로 살인멸구였다.

아직도 강진명이 저지른 일들을 생각하면 치가 떨려온다.

"아버지, 제가 반드시 아버지의 원한을 갚고야 말겠습니다."

은우는 거울 속에 비친 자신에게 복수를 다짐했다.

＊　　　＊　　　＊

은우가 이계에서의 새로운 삶을 시작한 지 벌써 10년이 지났다.

그렇다면 그가 돌아왔을 때는 서른다섯이 되어야 한다.

하지만 은우는 이곳과 루야나드의 시간이 정반대로 흐른다는 것을 알 수 있었다.

그곳에서 1년을 지냈다면 이곳의 시간은 1년 거꾸로 흘러갔던 것이다.

루야나드에서 만들어놓았던 육신은 이미 사라지고 없지만, 강력한 그의 영혼만은 남아 있었다.

그가 눈을 뜬 시기는 1월의 어느 추운 겨울이었다.

어린 시절 그가 보았던 설경과 집안의 모든 집기는 아직도 그대로였다.

은우가 살던 집은 4층 계단으로 연결되어 있는 저택이었다.

요즘은 이런 양식의 집을 선호하지 않지만 특이하게도 가족들의 단합을 중요시 여겼던 강진명 회장의 뜻이 담긴 탓이다.

잠시 상념에 잠겨 있던 은우의 방문에 노크 소리가 들린다.

똑똑.

자리에서 일어나 문을 연 은우의 눈앞에 과연 자신의 편인지 아닌지 분간할 수 없는 여동생이 서 있다.

"오빠, 뭐해?"

그가 죽기 전 처음으로 도움을 청했던 사람은 바로 첫째 여동생 화영이었다.

하지만 그녀의 전화를 전달받은 사람은 그의 계모였고, 누가 그에게 살인 교사를 명령했는지 알 수 없었다.

일단 은우는 평소의 모습대로 행동하기로 했다. 이미 꽤 오래전 일이어서 다소 건조했지만 의심받지 않을 자신은 있었다.

"뭐하긴, 이제 공부하려던 참이지."

화영은 그에게 영화 티켓 두 장을 보여주었다.

“남자들은 어떤 영화를 좋아해? 액션, 아니면 공포?”

대뜸 들이민 티켓은 아마도 새로 생긴 남자친구와 어떤 것을 보면 좋을지 골라달라는 뜻이리라.

아직은 그에 대해 잘 모르는 것일까?

허물없이 지내던 사이가 과연 진실이었는지 거짓이었는지 분간하기가 더 힘들어졌다.

은우는 대충 아무 티켓이나 골랐다.

“이게 좋겠어.”

“정말? 하지만 만약에 그 애가 싫어하면 어쩌지?”

이런 고민이나 하는 것을 보면 아직은 복수의 대상에 여동생을 넣는 것은 조금 성급한 것이 아닌가 하는 생각을 해보았다.

누가 진짜 그의 편을 들어주며 누가 명확한 적인지 인지할 필요가 있을 듯했다.

＊　　　＊　　　＊

14세, 고등학교를 검정고시로 졸업한 은우는 이듬해 3월 한국과학기술연구원 부속 대학교로 입학했다.

이미 세간의 기대와 관심을 한 몸에 받던 그의 물리학 인생에 첫걸음과도 같은 날이었다.

최연소 입학생을 축하하는 손길이 이어지는 가운데, 그의 계모가 곁을 지켰다.

찰칵찰칵!

"최연소로 카이스트에 입학하게 되었는데, 기분이 어떻습니까?"

은우는 평소 그의 말투대로 성실히 답변에 응했다.

"매우 기쁩니다. 또한 아버지와 어머니, 우리나라 과학자 분들의 기대와 관심에 혹시나 부응하지 못할까 봐 걱정이 되기도 합니다."

15세 소년이 만들어낸 답변치고는 놀라울 정도의 언변이지만, 이미 그의 천재성은 정평이 나 있는 상태였다.

고로 그가 여기서 우물쭈물할 필요는 전혀 없었다.

기자들 또한 그의 답변에 '과연' 이라는 말을 덧붙이며 고개를 끄덕였다.

이어서 그들의 관심은 앞으로 있을 그에 대한 그룹의 지원으로 옮겨갔다.

그에 앞서 기자들은 그녀에게 슬슬 멍석을 깐다.

"오늘 장영주 여사께서 직접 아드님의 입학식에 참석하셨는데, 소감 한마디만 부탁드립니다."

평소 그녀가 가지고 있던 특유의 차가운 얼굴은 온데간데없고 오로지 온화하고 자애로운 미소만이 가득했다.

"부족한 제 아들에게 이런 지대한 관심을 가져주시니 몸 둘 바를 모르겠네요. 제 눈에는 아직 이렇게 어리고 착한 아들일 뿐인데……."

이윽고 그녀의 눈가에 서서히 눈물이 맺히기 시작했다.

‘엄청난 연기력이군.’

은우는 속으로 이렇게 감탄할 뿐이었다.

하지만 기자들은 그녀의 걱정이 당연한 것이라고 생각했을 것이다.

잠시 숙연해졌던 기자들의 카메라가 다시 플래시를 내뿜어 댔다.

“…아무튼 학계에서 제 아들을 인정해 주시니 감사할 따름입니다.”

이어서 다른 질문이 이어졌다. 어쩌면 오늘 기자들이 가장 관심을 갖는 부분일지도 모른다.

“화진그룹에서 강은우 군에게 물심양면으로 엄청난 지원을 할 것이라는 공표를 하셨는데, 이에 대한 가문의 입장은 어떻습니까?”

“물론 이사진과 주주들의 생각이 일치한다니 저로서는 감격스러울 뿐입니다. 더군다나 경영진이 한뜻이 되어 우리 집안에 찾아온 은우라는 큰 축복을 국가를 위해 사용할 수 있도록 해준다는 것에 큰 감사를 드리고 있습니다.”

“그 말은 앞으로 강은우 군이 걸어가는 길에 있어 그룹의 무한하고 전폭적인 지원이 있으리라 생각해도 되겠습니까?”

“예, 그렇습니다. 은우는 이미 저의 아들이기 이전에 그룹의 희망이니까요. 아들에게 전폭적인 지원을 하는 것은 당연한 일 아니겠어요?”

정략결혼으로 맺어진 강진명 회장의 아내 장영주의 발언은 사실상 그룹의 후계자를 은우로 세운다는 뜻과 별다를 것이 없는 선언이었다.

기자들은 이것을 후계자 구도 확정에 대한 것으로 보고 기사를 작성할 것이다.

하지만 은우는 불과 10년 안에 이 결정이 전면 백지화될 것임을 너무나 잘 알고 있다.

그 어느 때보다 환하게 미소 짓고 있는 그녀의 얼굴을 보며 은우는 다시 한 번 전의를 불태웠다.

*   *   *

누가 진짜 적인지 구별하기 위해 은우는 먼저 자신과 가장 가깝고 신뢰했던 사람부터 시험하기로 한다.

그 대상으로는 은우의 인생 멘토처럼 때로는 조언을 해주며 그림자처럼 그를 돌보아주었던 김형우 비서실장이다.

오늘도 비서실장이 직접 운전하여 대전 도룡동에 위치한 카이스트 정문에 도착했다.

비서실장 김형우는 특유의 인자한 미소를 지어 보인다.

"다 왔습니다, 도련님."

하지만 은우는 그와의 관계를 돈독하게 하기 위해 조금은 철없는 모습을 보인다.

"아저씨, 그냥 집으로 가면 안 돼요?"

"그게 무슨 말입니까? 집으로 돌아가다니요."

　서울에서 새벽 일찍 대전으로 내려와 직접 은우를 챙기는 것도 벅찰 지경인데 이런 소리를 듣는다면 다소 신경이 날카로워질 법도 하다.

　하지만 그는 차분하게 은우를 타일렀다.

　"도련님께서 이곳에 온 이유는 그저 빨리 대학을 다니기 위해서가 아닙니다. 차차 그룹을 이끌어 나가실 도련님께서 실력을 쌓고 힘을 기르기 위함입니다."

　"하지만 제가 그렇게 하고 싶어도 좀처럼 뜻대로 되지 않아요."

　"뜻대로 되지 않는다니요?"

　"교수님께서 아버지를 별로 좋아하시지 않는 바람에 저까지 피해를 보고 있어요."

　"그게 무슨 말씀이십니까? 교수가 회장님을 좋아하지 않는다니요?"

　"제가 목표하는 바를 이루려면 이종학 교수님의 도움이 꼭 필요한데, 아무래도 그분은 저에게 별 관심이 없는 것 같아요."

　순간, 김형우의 표정이 급격하게 어두워진다.

　"…이종학 말씀이십니까?"

　"네. 그분이 저를 힘들게 해요."

　짧게 한숨을 내쉰 김형우가 은우에게 말했다.

　"사람의 마음이 어디 하루 이틀의 노력으로 가능한 일이겠습니까?"

"하지만 그래도 저는 그 교수님이 저를 미워하지 않았으면 좋겠어요. 저의 미래를 생각하면 가장 중요한 교수님이니까 요."

"흐음……."

아주 오래전 강진명 회장과 악연이 있는 이종학은 실제로 은우에게 상당히 호의적이지 못했다.

당시 은우의 아버지 이성화가 죽던 날에도 그는 뭔가 이상 한 점들을 찾아다닌다면서 눈에 불을 켠 사람이다.

그럼에도 은우를 싫어하는 것은 은우가 이성화의 아들이라 는 것을 까마득하게 모르고 있기 때문이다.

하지만 그의 전폭적인 지지가 있다면 지금보다 좀 더 좋은 조건에서 성공할 보장이 생길 것이다.

게다가 핵물리학으로는 세계적인 권위자인 이종학 교수는 은우의 사업에 무조건적으로 필요한 사람으로 기필코 포섭해 야 할 자원이다.

만약 은우가 진실을 말한다고 해도 들어줄 이종학이 아니기 때문에 은우는 그를 포섭하는 데 상당히 난조를 겪고 있는 중 이다.

하지만 그를 포섭할 수 있는 방법이 아주 없는 것은 아니었 다.

이종학이 진실을 알 수 있도록 하는 것이다.

김형우는 은우가 이성화의 아들이라는 것을 아주 잘 알고 있으며, 만약 사실을 말하게 된다면 어떻게 사람을 설득하고 마음을 돌리는지 알고 있는 사람이다.

근 20년 동안 로비와 정보 장사를 주 업무로 삼아온 그에게 진실이라는 무기가 쥐어진다면 반드시 임무를 완수해 낼 것이다.

그러나 과연 그가 회장을 배신하는 일을 할지 의문이다.

잠시 생각에 잠겼던 김형우가 고개를 끄덕인다.

"알겠습니다. 제가 한번 알아보지요."

"정말인가요?"

"100% 장담은 못하겠습니다만, 최대한 노력해 보겠습니다."

"고마워요, 실장님!"

신이 난 표정의 은우가 차문을 열며 말했다.

"정말 고마워요!"

이윽고 차에서 내린 은우를 바라보며 김형우가 심란한 표정을 지었다.

*　　*　　*

처음에는 그저 형식적으로 대하던 이종학은 차차 시간이 지날수록 은우에 대해 애착을 갖게 되었다.

그러던 어느 날, 이종학은 한 손에 치킨을 사 들고 그의 집으로 찾아왔다.

거나하게 취한 이종학이 문을 열고 나온 은우에게 고래고래

소리를 친다.

"하하하! 은우! 아직 안 잤구나?"

"네, 교수님. 그런데 이 시간에는 어쩐 일로……."

"어쩐 일이긴, 인마! 선생이 제자가 보고 싶다는데 시간이 따로 있어?!"

은우는 일단 그를 부축하여 안으로 들였다.

그리고 가정부가 타온 꿀물을 마시며 은우에게 자신의 얘기를 늘어놓는다.

"내가 말이야, 어린 시절에는 어려워서 제대로 공부를 못했어. 그런데 요즘 아이들은 풍족한 환경에서조차 공부에 목숨을 걸려고 하지 않아. 그저 대학에 들어오면 저절로 학계의 권위자가 될 수 있을 거란 막연한 기대를 갖는단 말이지."

이종학의 술주정에 은우는 그저 고개만 끄덕일 뿐이다.

"그런데 김형우 그 친구의 말을 듣자 하니 네가 풍족한 환경임에도 어려움이 많다고 하더구나. 그러고 보니 이 조그만 녀석이 카이스트에 들어와 이렇게 큰 관심을 받는데 부담감을 느낄 것이라고는 전혀 생각하지 못했어."

"그건 교수님의 잘못이 아니죠. 그저 제가 좀 모자라서……."

이종학은 은우의 양 볼을 두 손으로 감쌌다.

"이놈, 너는 천재야. 천재가 자신을 깎아내리는 것은 올바른 행동이 아니다. 그건 너에게 두뇌를 주신 부모님을 욕보이는 짓이야."

이윽고 그의 눈에 아련함이 스친다.

"…내가 기필코 너를 성공시키고 말 거야. 꼭!"

외골수의 전형적인 표상인 이종학이 갑자기 마음을 돌린 이유는 단 하나뿐이다.

그것은 바로 김형우가 회장과 은우의 관계를 모두 털어놓은 것이다.

가장 신뢰하던 김형우는 역시 은우를 실망시키지 않았다.

눈물을 글썽이는 이종학의 눈이 그것을 반증하고 있다.

그의 가장 측근이었던 김형우는 최소한 은우의 편임이 분명했다.

CHAPTER 02
친구를 만드는 방법

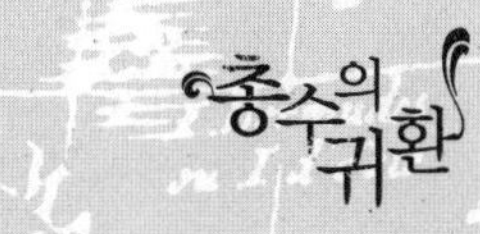

　가방을 멘다는 것은 그저 학교에서 공부할 책을 가지고 다니는 것보다 훨씬 더 큰 의미를 가지고 있다.

　대학생이 가방을 가지고 다니는 것은 제한 사항이 많은 고등학교 때와는 달리 패션의 한 부분으로 생각한다.

　2000년대 초반, 이때 유행하던 브랜드의 가방 디자인은 작고 세련됨을 추구하는 경향이 짙었다.

　하지만 지금 은우의 모습은 딱 중학생의 모습이다.

　유행보다 훨씬 더 크고 실용성에 큰 비중을 둔 그의 패션에 학생들이 조금씩 키득거린다.

　"엄마가 입학 선물로 가방을 안 사주셨나 보지?"

　"아니면 군장이 마음에 드는 모양이지."

요즘 한창 유행이라는 반정장(정장 재킷 아래에 청바지를 입는 것)을 한 학생들이 은우를 보며 조롱 섞인 농담을 던진다.

하지만 그것에는 은우에 대한 열등감도 섞여 있을 것이다.

예전 같으면 울상을 짓거나 교실을 나가 버렸을지도 모른다.

그러나 그의 정신연령은 그런 행동이 얼마나 부질없고 멍청한 것인지 잘 알고 있다.

은우는 그들의 조롱에 그저 묵묵히 책을 펴고 앉아 있을 뿐이다.

조롱도 반응이 있어야 재미있는 법, 며칠째 반응이 없는 은우로 인하여 학생들은 금세 흥미를 잃고 말았다.

마음을 비운 채 이미 알고 있는 내용의 책을 다시 외우고 있던 은우의 곁으로 한 여학생이 다가와 앉았다.

긴 생머리에 무척이나 하얀 피부, 미인의 표상이라고 할 만한 외모다.

그녀 역시 은우와 마찬가지로 영재교육을 받고 자란 17세 소녀에 불과하다.

"안녕?"

다정다감한 목소리의 그녀가 은우에게 먼저 말을 걸었다.

무심결에 고개를 돌린 은우는 그녀의 눈동자 색이 조금 특이하다는 것을 알 수 있었다.

그녀는 붉은색 눈동자와 파란색 눈동자가 섞여서 태어난 보라색 눈동자의 알비노증 환자였던 것이다.

　창백한 피부와 보라색 눈동자가 어우러져 조금은 섬뜩한 느낌도 들었다.

　한국인으로는 너무나 특이한 모습이기에 은우를 놀리던 학생들조차 그녀와 애써 거리를 두려 한다.

　"험험! 우리 자리 좀 옮길까?"

　"그, 그럴까?"

　그녀가 자리에 앉는 것만으로 주변의 학생들이 슬금슬금 피한다.

　이제 겨우 17세에 불과한 그녀에겐 이런 행동들이 분명 상처로 다가올 것이다.

　그러나 그녀는 꿋꿋이 미소를 잃지 않는다.

　"내가 불편하지? 그럼 내가 자리를 옮겨서……."

　자리에서 일어나려는 그녀에게 은우가 무심하게 말했다.

　"아니, 괜찮아. 그냥 앉아."

　은우의 반응에 그녀가 믿기지 않는다는 듯 고개를 갸웃거린다.

　"그, 그래도 괜찮아?"

　"당연하지. 반대로 나와 붙어 있으면 피해가 갈 거야. 보시다시피 내가 나이가 좀 어려서 말이야. 그래도 괜찮으면 앉아도 좋아."

　그의 제안에 그녀가 상당히 기뻐하는 말투로 손뼉을 친다.

　"저, 정말 그래도 돼?"

　"그렇다니까 그러네."

그녀는 신이 나서 은우에게 대뜸 핸드폰을 꺼내 들었다.

"전화번호도 줄 수 있어?"

조금은 신이 난 그녀가 전화번호부를 열어 은우에게 보여준다.

그런데 부모님 이외에는 번호가 하나도 없다.

살짝 놀라는 은우에게 그녀가 시무룩한 표정을 지었다.

"역시… 전화번호는 좀 그렇지?"

은우는 재빨리 고개를 가로저었다.

"아니. 나 역시 몇 사람 없어. 나도 친구가 없거든."

영재들은 대부분 상당히 고독한 삶을 보낸다.

어려서부터 정상적인 교육보다는 좀 더 진보적인 교육을 받는 것이 국가적으로 이득이기 때문이다.

그녀 역시 공학 부문에서 상당히 뛰어난 재능을 보이고 있었기에 어려서부터 친구가 없었음이 당연하다.

게다가 알비노 환자 중에서도 희귀한 보라색 눈동자는 그나마 영재로서 성장하는 과정에 외로움이 더했을 것이다.

그럼에도 불구하고 미소를 잃지 않는 그녀의 꿋꿋함은 은우에게 많은 귀감을 준다.

전화번호를 입력한 은우가 그녀에게 엄지손가락을 치켜들었다.

"최고인 것 같아."

"뭐가?"

"뭐긴, 누나 말이야. 대단한 것 같아. 최고야."

“나, 나?!”

“그럼 여기 우리 둘 말고 누가 또 있는데?”

지금까지 그녀가 지었던 표정보다 한층 밝은 미소가 은우를 향한다.

그리고 대낮임에도 불구하고 눈물을 흘린다.

“흑흑, 고마워.”

예전 같으면 이런 따뜻한 말은 입에 담지도 않았을 것이다.

그러나 지금은 다르다.

친구란 그저 서로 정을 나누거나 함께 여흥을 즐기는 존재가 아니라는 것을 환생으로 인하여 깨달은 것이다.

은우는 그녀의 어깨에 손을 올렸다.

“왜 울고 그래, 바보같이?”

그의 무심한 듯한 위로에 그녀가 흐느끼는 도중에도 미소를 짓는다.

“흑흑, 알겠어. 울지 않을게.”

“이제 보니 완전 울보구나?”

“그, 그런가?”

물론 그녀와 친해지는 데 계산 따위는 없다.

다만 앞으로 자신의 행보에 그녀가 도움될 것임을 어렴풋하게 예상하고 있을 뿐이다.

＊　　＊　　＊

대학교 2학년 여름이 다가왔다.

대학 생활을 즐기는데 절대로 빠질 수 없는 한 가지가 있다.

그것은 바로 MT.

학생들과 가장 빨리 친해질 수 없는 계기이며, 앞으로 그가 필요한 인제들을 포섭할 수 있는 중요한 자리이다.

이제는 제법 학우들과의 거리를 좁힌 은우가 강원도 영월로 향하는 버스에 타 있다.

이미 버스에서 술을 마시는 학생들이 있는가 하면, 자신의 연인과 단둘이 야릇한 분위기를 연출하는 커플도 있다.

그러나 은우의 곁에는 오로지 책, 하루 종일 책과 씨름하는 여학생이 앉아 있다.

그녀는 과에서도 수석을 차지할 정도로 수재이지만, 가난한 가정환경을 헤쳐 나가기 위해 하루에 네 시간씩 잠자며 공부할 정도로 지독한 노력파다.

은우는 훗날 그녀가 어떤 사람이 될 것이며 어떤 학문을 발표하여 세계를 놀라게 할 것인지 잘 알고 있다.

정예지라는 이름 세 글자를 세계에 알리는 업적을 달성할 것이다.

세계 최초로 수소 자동차 실현화를 추구하였으며, 자동차 자체에 포함되는 수소분자 분해 시스템을 개발하여 오로지 생수 한 통으로 자동차를 굴릴 수 있는 기술을 만들어낸다.

하지만 그녀의 이런 연구 성과는 미국을 비롯한 산유국들에 의하여 저지되고 만다.

그런 대단한 여자 역시 지금은 이렇게 다 떨어진 트레이닝 복과 얼굴의 반을 가리는 뿔테안경을 쓴 공부벌레로 보일 뿐이다.

당연히 그녀에게 다가올 사람들은 별로 없다.

고로 그녀는 오늘도 역시 혼자 버스에 올라 공부나 해야 할 듯하다.

그런 그녀에게 다가와 말을 거는 사람은 은우가 유일했다.

"누나, 뭐해?"

은우의 부름에 그녀는 다소 놀란 듯 몸을 움찔거린다.

"으, 응? 나?"

평소에 사람을 가까이 하지 않으니 당연히 사람 목소리에 민감하게 반응한다.

눈이 빙글빙글 돌 것 같은 안경을 올려 쓰는 모습이 외톨이라는 것을 반증하는 것 같다.

"누나는 왜 이런 날에도 공부를 해?"

"…그러면 안 되는 거야?"

은우는 고개를 저었다.

"에이, 그럴 리가."

"안 되는 것이 아니면?"

"그저 가끔은 친구들과 어울려 놀면 좋다는 걸 말해주고 싶은 거야."

"어째서?"

전생에서도 가끔 마주치기는 했지만 은우가 죽는 순간까지 말은 한마디도 섞어보지 못한 그녀다.

은우는 그렇게 자주 마주치면서도 한마디도 하지 못했던 것은 자신의 무관심이 아니었다는 것을 깨닫는다.

"내가 이런 말을 하기는 좀 그렇지만, 누나는 여대생이잖아? 그런데 이렇게 앉아서 공부만 하다간 나중에 진짜 좋은 남자를 만날 수 없어."

순간, 그녀의 동공이 엄지손가락만 해진다.

"어, 어째서?"

"남자를 모르는데 어떻게 좋은 남자를 만나?"

"그, 그렇기는 하지만……."

"이렇게 앉아 있다간 늙어 죽을 때까지 혼자서 책만 읽다 갈 걸."

"헛! 그런 건가?"

이런 그녀라도 평생 남자도 없이 혼자서 쓸쓸하게 늙어 죽기는 싫은 모양이다.

사람과 사람이 가장 친해질 수 있는 방법, 그 두 번째는 바로 고민 상담을 해주는 것이다.

"혹시 좋아하는 남자 없어?"

"그, 그건 왜?"

반응을 보니 있기는 있는 모양이다.

"만약 있다면 내가 그 사람과 이어줄 수도 있어."

"네가? 어째서?"

"세상에는 꼭 나이가 맞아야 친구를 할 수 있는 것은 아니잖아? 내가 만약 누나의 고백을 성공시킨다면 우리는 이제 서로 친구가 되는 거야. 어때?"

만약 다른 사람들 같았으면 꼬마 아이라고 무시했을 것이다.

게다가 스무 살 처녀에게 조언을 해주는 열여섯 살 소년이 어디 있단 말인가?

그러나 그녀는 그런 은우의 말을 무시하지 않고 진심으로 받아들였다.

상당히 긍정적이고 열린 마음을 가진 사람이다.

"조, 좋아. 그런 조건이라면… 받아들일게."

주먹까지 꽉 쥐는 것을 보니 과연 은우의 친구가 될 준비가 된 듯하다.

은우는 그런 그녀에게 엄지손가락을 치켜들었다.

"최고야."

"뭐가?"

"그냥 다 최고야. 내 주변에는 왜 이렇게 긍정적인 사람들이 많은 걸까?"

고개를 갸웃거리고 있지만 그녀 역시 은우와 아주 친한 사이가 될 것 같은 느낌이 든다.

*　　　*　　　*

MT를 다녀온 후 은우는 보라색 눈동자의 하나와 공부벌레

예지를 데리고 비밀 작전을 실행하기에 이른다.

"잘 들어. 이건 상당히 중요한 일이야. 고백에는 타이밍이 중요하거든."

"그, 그래?"

"당연하지. 모든 일에는 때가 있는 법이거든. 사랑도 마찬가지야."

"그, 그렇구나."

사실 은우 역시 누군가에게 진심으로 사랑을 고백해 본 경험이 없다.

하지만 그녀들보다 훨씬 오래 살았다는 것만으로 진두지휘를 해보는 것이다.

고로 그녀들의 입장에서는 자신보다 어린 은우가 이렇게 작전을 짜는 것에 불만을 품을 수도 있다.

속에 든 영혼이 몇 살인지는 중요하지 않다. 그는 이미 16세의 소년으로 환생했기 때문이다.

그러나 고백을 하는 당사자는 물론이고 오늘의 도우미인 하나까지 손을 덜덜 떨 정도로 긴장하여 그런 사실쯤은 아주 간단히 잊고 있다.

어찌 되었든 은우와 하나는 예지의 고백을 도와주기로 했고, 지금은 신소재공학과 학생들이 쏟아져 나올 시간에 맞춰 고백의 대상자를 기다리고 있다.

오늘 수업을 빼먹으면서까지 고백에 동참한 것은 은우가 그녀를 진짜 친구로 생각하기로 했기 때문이다.

　무엇 한 가지에 몰두하여 친구까지 사귀지 못한 그녀는 어쩐지 예전의 은우를 닮았던 것이다.

　은우는 타이밍을 재고 있다.

　그가 생각한 것은 공개적인 고백으로 일부러 거절하지 못하게 만드는 것이었다.

　어찌 보면 상당히 치사한 방법이지만 이들의 입장에는 되도록 가능성이 높은 쪽에 거는 편이 낫기 때문이다.

　편지를 손에 든 예지에게 은우가 말했다.

　"곧 수업을 끝낸 학생들이 쏟아져 나올 거야. 준비되었지?"

　두 사람은 은우의 말에 대답 대신 고개를 끄덕인다.

　다만 걱정인 것은 당사자인 예지가 다소 말을 더듬는다는 것이다.

　하지만 이런 경험 역시 큰 도움이 되지 않을까 하는 생각을 해본다.

　잠시 후, 은우의 말대로 학생들이 강의실에서 마구 쏟아져 나온다.

　시선을 한 번에 잡아끌겠다고 먼저 나선 하나가 한 청년 앞에 선다.

　"저기요!"

　신비로운 매력이 있기는 하지만 잘못하면 무서워 보일 수도 있는 그녀의 눈빛에 청년이 움찔거린다.

　"저, 저요?"

　"네, 당신이요."

사람들은 쏟아져 나오는데 하나에게 붙잡혀 움직이지도 못하고 있던 청년은 의외로 착한 구석이 있다.

주위의 시선이 자신을 향하는데도 움직이기는커녕 끝까지 그녀의 말을 경청하고 있다.

"무슨 일이신데요?"

"제가 아는 언니가 당신에게 하고 싶은 말이 있대요."

"하고 싶은 말이요?"

고개를 끄덕이는 그녀의 뒤에서 예지가 불쑥 튀어나와 편지를 전달한다.

"제, 제가 마, 말을 잘 못해서 편지를 썼어요!"

"네?"

요즘 같은 시대에 편지를 쓰는 사람은 생각보다 훨씬 드물다.

하지만 편지와 같이 정성이 들어간 글은 사람의 마음을 더 쉽게 움직일 수도 있다.

그런데 그녀의 고백 방식이 조금 특이하다.

"기왕이면 여기서 읽어주셨으면 좋겠어요."

"지, 지금 여기서 당장이요?"

"네……."

고개를 갸웃거린 그가 편지를 뜯어 내용을 확인해 본다.

그러나 글을 읽어 내려가던 그의 표정이 서서히 굳어간다.

급기야 그는 편지를 마구 구긴 후 버럭 소리를 지른다.

"이런 또라이를 다 보았나?! 어디 할 짓이 없어서 이런 장난질을 다 하는 거야?!"

"그, 그게 아니라……."

"한 번만 더 이런 일이 생기면 그땐 경찰서에서 볼 줄 알아!"

"저기요!"

사람의 반응이 어쩌면 저렇게 단박에 반전될 수 있을까?

주변에 사람이 많다고 고백이 무조건 성공하는 것은 아닌 모양이다.

은우는 마치 귀신이라도 본 듯한 표정으로 달려가는 청년을 보고는 황급히 그녀들에게로 달려갔다.

"도대체 왜 저러는 거야?"

"…내가 마음에 안 드나 봐."

"아무리 마음에 안 들어도 저렇게 욕을 할 정도였나?"

고개를 푹 숙인 그녀를 위로하던 하나가 불현듯 자신의 생각을 말한다.

"아무래도 편지가 잘못된 것이 아닐까?"

"편지?"

자신을 바라보는 은우에게 예지가 편지를 건넨다.

"네가 한번 읽어줘."

편지를 건네받은 은우가 내용을 확인한다.

안녕하세요?

당신을 쭉 지켜보고 있는 사람입니다.

약 한 달 전이었을까요?

항상 같은 길을 오가다 밤에 고주망태가 된 당신을 보았어요.

당신은 그때 동네방네 소리를 지르며 아무렇지 않게 노상방뇨를 즐겼죠.

저는 그런 당신의 모습에 반하고 말았어요.

한 손으로 중심을 잡고 노상방뇨를 하는 모습이 어찌나 멋있던지…….

그때쯤이었을까요?

제 집에서 당신의 집이 가장 잘 보이는 곳에 당신을 24시간 지켜볼 수 있는 망원경이 설치했어요.

덕분에 저는 밥을 먹는 당신도, 옷을 갈아입는 당신도, 심지어는 화장실에서 볼일을 보는 당신도 지켜볼 수 있게 되었지요.

그리고 그 모습을 촬영해서 벽지 대신 붙이는 것은 제 작은 취미생활이 되었지요.

그 마음이 커져서 지금은 당신을 옆에 두고 언젠가 당신을 소중히 박제해서 내가 죽을 때까지 소장하고 싶을 정도랍니다.

(중략)

…아무튼 저의 마음을 받아주신다면 24시간, 밥을 먹을 때도, 화장실을 갈 때도 붙어 있을게요.

은우는 그제야 그녀가 왜 실연을 당했는지 알 것 같았다.

“누나, 이건 범죄 행위야.”

“어, 어째서? 내가 좋아하는 사람을 바라보는 것이 죄라니?”

“아무래도 누나는 스토킹과 사랑을 착각한 것 같아. 세상에 어떤 남자가 자신의 똥 싸는 모습을 보여주고 싶겠어? 경찰서에 가지 않은 것이 다행일 정도야.”

지금까지 자신이 해온 것이 정상적이지 않다는 것에 그녀는 크나큰 충격을 받은 듯하다.

“그, 그런 일이……”

하지만 이것도 모두 경험이 될 것이다.

안타까운 표정의 하나가 그녀를 위로할 뿐이다.

그 이후 예지는 그를 훔쳐보거나 사진을 촬영할 수 없었다.

그녀의 집에서 한 시간이나 걸리는 거리로 그가 이사를 가버렸기 때문이다.

＊　　　＊　　　＊

계절이 네 번 더 변하여 은우가 대학교 3학년이 되었다.

“훅훅!”

퍽퍽퍽퍽!

은우의 손과 발이 샌드백을 향하여 사정없이 날아가 박힌다.

이제 열일곱 살이 된 은우는 제법 성인의 외모를 갖추고 있다.

다소 풋풋한 느낌이 들기는 하지만 신체는 이미 성인 남성이었다.

게다가 무공을 사용하기 가장 좋은 쪽으로 변해 버린 신체는 지방이라고는 전혀 남아 있지 않은 근육질이다.

이종학 교수의 배려로 카이스트 지하 보일러 제어실에는 샌드백과 타격 미트 등 이종격투기부터 복싱까지 각종 격투기를 연마할 수 있는 조건이 갖추어져 있다.

이미 가공할 만한 무공을 익히고 있지만 그것을 일반인에게 마구 쓸 수는 없다.

게다가 이 세계에는 없는 양식의 무술을 사용하는 것은 공감대를 형성할 수가 없다.

그래서 은우는 지식 이외에도 사람과 금세 친해질 수 있도록 격투기부터 골프, 축구, 농구, 당구, 탁구 등 남자라면 모두 즐겨하는 운동을 연마하고 있다.

이윽고 샌드백을 두들겨 패던 은우의 발이 천장에 매달려 있는 미트를 발로 힘껏 후려친다.

퍼억!

정확하게 정중앙에 적중한 미트가 날아가 보일러실 벽에 처박혀 버린다.

콰앙!

이제 루야나드 대륙에서 가지고 있던 힘의 10분의 1 수준의 무공을 연성한 은우의 몸에서는 고대 무공의 진기가 뿜어져 나오고 있다.

"후우……."

하지만 이것만으로는 절대로 그가 목표하는 일들을 이뤄낼 수 없다.

아무리 이런 비밀 공간을 만들어 수련을 한다고는 하지만 예전의 무공을 회복하기엔 보는 눈이 너무나 많기 때문이다.

이제 그는 자신의 무공을 완벽하게 만들어낼 장소를 찾아야 할 필요성을 느꼈다.

*　　*　　*

시간은 흘러 은우가 열여덟 살이 되었다.

전생에서도 그랬듯 그의 연구 성과가 슬슬 빛을 발하기 시작한다.

그때는 몰랐지만 은우는 국가의 전폭적인 지원도 받고 있는 상태이다.

교과 과정을 마치는 것은 순전히 은우가 원해서 이뤄지고 있는 형식적인 것이고, 엄연히 따지면 은우는 이미 교수들을 뛰어넘을 정도의 발전을 이룩한 상태이다.

하지만 은우는 자신의 모든 전력을 다 드러내지 않는다.

그러면서 은우는 자신이 가장 증오하는 강진명 회장을 만나 자신에게 필요한 발판을 만들기로 한다.

강남에 위치한 한정식 전문점. 은우가 강진명 회장과 독대를 하고 있다.

"별일이구나. 그렇게 움직이기 싫어하는 네가 이렇게 서울까지 직접 올라오고 말이야."

"한 번쯤은 아버지와 이렇게 식사를 해보고 싶었습니다."

"후후, 기분이 묘하군. 내 아들이 벌써 이만큼 컸다니 말이야."

은우의 눈썹이 보이지 않을 정도로 미묘하게 꿈틀거린다.

저런 온화하고 서글서글한 미소 뒤에 숨어 있는 악마성을 생각하면 소름이 다 끼칠 지경이다.

하지만 은우는 그런 강진명에게 최대한 사근사근하게 대한다.

"제가 아직 어려서 술은 못 마시고, 대신 한잔 따라드리겠습니다."

"하하, 내 생에 이런 날이 다 오다니, 평생 잊지 못할 것 같구나."

술을 따르는 은우의 얼굴에 슬쩍 미소가 보인다.

'당연히 잊지 마셔야지요. 내가 당신에게 복수할 발판을 만드는 날이 될 테니까요.'

그리고 술 대신 음료수가 담긴 잔을 잡은 은우가 강진명의 건배를 받는다.

챙!

"건강하려무나."

“감사합니다, 아버지.”

술잔을 모두 비운 강진명이 슬슬 연구에 대한 얘기를 꺼낸다.

“학교에서 하는 연구는 어떻게 되어가느냐? 별문제는 없는 거지?”

“어떤 문제 말입니까?”

노골적으로 성과를 묻기가 좀 껄끄러웠는지 그는 말을 빙빙 돌린다.

“학우 관계가 꼬인다거나 교수들이 좋지 않은 시선으로 볼 까 봐 하는 말이다.”

“그런 것이라면 걱정하지 마십시오. 이미 친구들도 사귀었 으니까요.”

“오호라, 대학에서 친구를?”

“마음이 맞으면 다 친구가 되는 것 아니겠습니까?”

“하하, 우리 아들에게 이렇게 대담한 면이 있었단 말인가?”

이윽고 은우는 짐짓 심각한 표정을 짓는다.

“한데 문제가 하나 생기긴 했습니다.”

“문제? 연구에 차질이 생겼단 말이냐?”

긴장감이 역력한 그에게 은우가 고개를 끄덕인다.

“…직접 말씀드리기는 좀 그렇지만, 제 연구를 완성하는 데 한 가지 문제가 있습니다.”

“그것이 무엇이냐?”

“아무리 카이스트라고는 하지만 제가 할 수 있는 연구를 완성시키기에는 무리가 있습니다. 그래서 제 명의로 된 회사를 설립해서 단독으로 연구를 진행하고 싶습니다."

순간 그의 고개가 좌로 쏠린다.

"개인 회사를 설립해서 연구를 하고 싶다는 말이냐?"

"조금 어려운 부탁이라는 것은 알고 있습니다. 하지만 핵물리학은 북한과 미국으로 인하여 상당히 민감한 학문이 되었습니다. 그렇다 보니 대학에서 대놓고 모든 실험을 진행하는 것은 부담이 됩니다."

"흐음……."

은우의 부탁을 들어주지 않을 수는 없을 것이다.

국가에서 받을 커미션과 앞으로의 로열티를 생각하면 이런 사설 회사 하나쯤 설립하는 것은 문제될 것도 없다.

"만약 부담이 되신다면……."

강진명은 더 볼 것도 없다는 듯 탁자를 손을 살짝 친다.

탕!

"아니, 다른 사람도 아니고 내 아들이 처음으로 뭔가를 사달라고 하는데 들어주지 않을 수 없지."

은우는 정말로 기쁜 표정을 짓는다.

"저, 정말입니까?!"

"하하, 녀석도 참! 언제 내가 허투루 말하는 것 보았느냐?"

진심으로 기쁜 표정을 지은 은우가 꾸벅 고개를 숙인다.

"가, 감사합니다, 아버지!"

"그렇게도 좋으냐?"

“물론입니다!”

이윽고 강진명은 슬슬 자신의 조건을 말한다.

“연구에 필요한 모든 재화는 그룹에서 충당할 거야. 네가 연구에만 몰두할 수 있도록 말이야.”

“감사합니다, 아버지!”

“하지만 때가 되면 회사로 들어와 후계자 수업을 받을 거라고 약속해야 한다.”

은우는 난감한 듯 손사래를 쳐본다.

“저, 저는 경영은…….”

“너는 우리 집안 유일의 후계자야. 설마하니 이 아비의 뜻을 거스르지는 않겠지?”

정치 쇼의 재물이 되기 위한 은우의 후계자 발표는 그의 목숨이 서서히 다해간다는 신호와도 같은 소리이다.

하지만 은우는 어렵사리 고개를 끄덕인다.

“알겠습니다, 아버지.”

“그래, 그래야지. 그래야 우리 강씨 집안의 장남이지!”

호탕하게 웃는 강진명의 얼굴에 인간으로서 가질 수 없는 가식이 서려 있다.

그리고 은우는 그를 바라보며 뭔가 조금은 망설이는 듯한 표정을 짓는다.

“그리고 아버지…….”

“말하거라.”

“이런 말씀 드려서 송구합니다만, 제가 혼자서 결정한 것이 하나 있습니다.”

“결정?”

“제가 내년에 해병대로 입대합니다.”

“이, 입대? 그게 무슨 말이냐?”

“저 스스로 담금질을 하기 위해 입대를 결정했습니다. 이미 입영 날짜까지 나왔으니 들어가기만 하면 됩니다.”

갑작스러운 은우의 입대 선언에 강진명이 다소 황당한 표정을 짓는다.

“어째서 스스로 자원입대를 한다는 것이냐? 박사 학위만 취득하면 군대는 자동으로 면제가 될 텐데 말이야.”

“저는 그런 치사한 방법으로 의무를 저버리기는 싫습니다. 정정당당히 해병대 수색대에 입대해서 진짜 남자라는 것을 증명할 겁니다.”

“하지만 너는 심장이 약해서 입대 조건이 맞지 않을 텐데?”

“이미 그런 것쯤은 극복했습니다. 신체검사에서도 당당히 합격했고 시험도 통과했습니다. 문제될 것은 아무것도 없습니다.”

아무리 양부라도 은우가 입대를 결정한 것에 대해 번복할 권한은 없다.

자원입대는 당사자의 의사가 가장 중요하기 때문이다.

“게다가 요즘 재벌 2세들은 대부분 군대를 가지 않는다고 생각하지 않습니까? 제가 입대하게 되면 화진그룹의 이미지 또한 상당히 좋아지게 될 겁니다.”

실제로 강진명의 입장에서 은우가 입대하는 것은 그리 나쁠 것이 없다.

국가를 발판 삼아 성장해 온 화진그룹의 이미지를 쇄신하는 것은 아무리 돈을 들이부어도 쉽지 않기 때문이다.

그는 흔쾌히 박수를 친다.

짝!

"하하! 내 아들, 참 멋있구나! 자신의 한계를 스스로 극복하려고 하다니 말이야!"

"이해해 주셔서 감사합니다."

자신을 작은 것도 이용하려는 그의 행동이 역시 곱게 보이지는 않지만 은우는 2년이라는 자유 시간을 얻은 것에 만족하기로 했다.

*　　*　　*

은우의 명의로 회사가 설립되었고, 이로써 은우는 에너지 공학을 연구하고 자원 개발을 실현하는 자신만의 터전을 갖게 되었다.

그리고 그는 생일인 2월 3일을 기점으로 해병대 수색대에 지원했다.

다소 빠른 입대이긴 했지만 체력으로나 자격 요건으로나 병무청에서는 오히려 환영할 정도였다.

그는 사병으로는 가장 힘들다는 해병대 수색대에 입대하게 되었다.

머리를 빡빡 깎은 은우의 곁에 예지와 하나가 서 있다.

"어째서 일부러 군대에 가겠다는 거야? 교수님들 말로는 넌 군대에 갈 필요가 전혀 없다고 하던데."

하나는 은우가 입대하는 것이 썩 달갑지 않은 모양이다.

하지만 그는 그런 그녀를 이해시키려 한다.

"남자라면 당연히 군대에 가야지. 그래야 남자구실하지 않겠어?"

"안 그래도 너는 충분히 남자야. 지금이라도 집으로 돌아가면 안 돼?"

은우는 그런 그녀를 보며 그저 미소 지을 뿐이다.

말은 하지 않지만 예지 역시 은우가 왜 이렇게 사서 고생을 하는 것인지 이해가 안 된다는 표정을 짓고 있다.

"내가 성공하자면 좀 더 고생할 필요가 있어. 누나들이 그런 것을 좀 이해해 주었으면 좋겠어."

만약 남자들이었다면 조금은 공감할 수도 있었을까?

하지만 여리고 약한 그녀들은 끝내 눈물을 보인다.

"…은우야, 그냥 다시 가면 안 돼?"

그의 옷깃을 붙잡는 그녀들의 표정이 끝내 마음에 걸리지만 어쩔 수 없는 선택이다.

잠시 후, 포항 입소 대대의 방송이 들려온다.

─입대 장병들은 신속히 입장하여 주시기 바랍니다.

드디어 때가 된 것이다.

환하게 미소를 지은 은우가 그녀들에게 손을 흔들었다.

"남자가 되어 돌아올게."

"흑흑, 가지 마. 그냥 집으로 가자."

"편지할게!"

"은우야!"

서서히 멀어지는 그녀들의 모습이 끝까지 가슴을 찌른다.

아무래도 그녀들과 진짜 친구가 된 모양이다.

＊　　＊　　＊

역시 군대에서의 2년은 검황의 힘을 되찾기에 가장 좋은 조건을 만들어주었다.

체력을 만들기 위해 움직이는 훈련 시간은 기의 흐름을 활발하게 만들기에 충분했고, 그럴수록 은우의 몸에는 고대의 무공이 점점 확고하게 자리 잡아갔다.

계급이 오르면 오를수록 후임들에게 뒤처지지 않겠다는 핑계로 더 많은 시간을 운동하니 간부들은 그에게 훨씬 더 많은 배려를 제공했다.

그중에서 가장 좋은 시간은 역시 전술 훈련이었다.

지금까지 그가 갈고닦은 능력이 어느 정도인지 시험해 볼 수 있었고, 특히나 특수수색대 저격수인 은우는 상당히 많은 종류의 훈련을 소화할 수 있었다.

2년이라는 시간은 긴 것 같지만 짧은 시간이었다.

하지만 그동안 은우는 완벽하게 검황의 능력을 회복할 수 있었다.

은우가 2년 동안 머문 주둔지의 뒷산, 정확하게 각이 잡힌 해병대 머리의 은우가 서 있다.

"후우."

짧게 심호흡을 내뱉은 은우가 손끝에 5원소를 기본으로 하는 무공을 집중시킨다.

그러자 그의 손이 차가운 기운을 만들며 극한의 냉기를 뿜어낸다.

쏴아아아!

주변의 모든 식물이 시들며 얼음 조각이 되어 녹아내린다.

"됐군."

흡족한 미소를 지은 은우가 돌아서자 땅에서는 다시 풍성한 잡초가 자라난다.

생과 사의 경계를 넘나드는 완벽한 힘, 세상을 움직이는 모든 이치를 담은 그의 완벽한 무공이 되살아난 것이다.

이제 은우는 500m 상공에서 뛰어내려도 가볍게 착지할 수 있을 정도의 유연성과 항중력을 갖게 되었다.

그리고 완력으로는 세상의 그 어떤 물건도 부술 수 있을 정도이며, 오감은 일반인에 비할 바가 아니다.

세상에서 가장 완벽한 몸, 이제는 심장이 약한 스물한 살의 은우가 아니다.

지금부터 그는 자신이 할 수 있는 최고의 복수를 할 것이다.

CHAPTER 03
복수를 시작하다

　은우가 전역하는 날, 집 앞에는 그의 동생과 장영주가 마중
을 나와 있다.

　"오빠!"

　세 명의 여동생은 녹색 베레모를 쓴 은우에게 달려와 안긴
다.

　"잘 있었어?"

　유학을 나가 있던 여동생들이 주말을 이용하여 은우를 보러
온 것이다.

　이윽고 그에게 장영주가 다가와 슬쩍 미소를 짓는다.

　"어서 오렴."

　그때는 몰랐지만 장영주는 원래 미소를 짓지 않는 사람이다.

그저 은우가 양자라서 웃지 않는 것이라고 생각했지만, 실상은 그렇지 않았던 것이다.

이 정도 미소면 평생에 한 번 지을까 말까 할 정도의 미소다.

장남의 귀환은 어머니에게 가장 좋은 일일 테니 이 정도의 표정은 지어주어야 한다고 생각했던 것일까?

하지만 진심으로 기뻐서 미소를 지었다는 생각은 도저히 들지가 않는다.

온 집안 여자들을 다 이끌고 집으로 들어선 은우에게 강진명이 두 팔을 벌린다.

"어서 오너라."

그의 품에 안긴 은우는 다른 아들과는 다르게 큰절을 올리지 않는다.

최소한 그가 생각하는 큰절은 진짜 부모님께 올리는 것이라 생각했던 것이다.

하지만 그런 것은 아무렇지도 않게 생각하는지 분위기는 화기애애하게 흘러간다.

곧바로 가족 간에 식사가 이어진다.

군에서 있었던 에피소드는 동생들에게 시간가는 줄 모르게 하는 재미있는 화제였고, 아주 즐거운 듯한 표정들을 하고 있다.

그러던 중 강진명이 은우에게 은근한 말투로 묻는다.

"그나저나 연구는 언제 다시 시작할 예정이냐?"

그런 그에게 장영주가 나무라듯 말한다.

"이제 집에 온 아이한테 꼭 그런 말부터 해야겠어요?"

일부터 난감한 표정을 짓는 은우에게 강진명이 둘러대듯 말한다.

"그저 네가 빨리 연구를 끝내고 그룹으로 들어오기 바라는 뜻에서 한 말이다. 너무 신경 쓰지 말거라."

은우는 고개를 저었다.

"아닙니다. 아버지께서 그렇게 기다리신다니 제가 무리를 해서라도 연구를 빨리 끝내야지요."

"하하, 역시 내 아들이야!"

이런 화목함이 진짜였다면 얼마나 좋았을까 하는 생각은 이미 예전에 버린 은우다.

이제는 그저 기계적으로 웃고 그에게 빈틈을 보이지 않기 위해 노력할 뿐이다.

*　　　*　　　*

군대에 있는 동안 제대로 휴가를 즐기지 않았던 은우는 친구들이 생활하는 모습을 간간이 지켜볼 뿐이었다.

2년이라는 시간이 흐르는 동안 사회는 상당히 많이 변해 있었다.

전역 신고를 마치고 사회로 나온 은우는 예전과는 또 다른 느낌을 받았다.

세상은 생각보다 더 빠르게 변하고 사람들 또한 상당히 바쁘게 산다는 생각이 들었다.

은우는 이제 하나를 유리창 너머로 지켜보고 있다.

예전에는 보라색 눈동자와 창백한 피부가 상당히 스산한 분위기를 연출했지만, 지금은 멀리서 보는 것만으로도 눈부신 후광이 비칠 정도이다.

쇼핑몰 피팅모델로 활동하는 것은 물론이고 학교를 마치면 커피전문점에서 아르바이트도 한단다.

이제 사람들은 그녀에게 손가락질을 하는 대신 아름답다는 시선을 보낼 뿐이다.

긴 생머리에 보라색 눈동자의 그녀가 미소를 지을 때마다 남자들의 표정이 살살 녹아내리는 것 같다.

"장족의 발전이군."

흡족하다는 말로는 표현이 안 될 지경이다.

이윽고 은우가 커피전문점 문을 열고 안으로 들어선다.

딩동!

"어서 오세요!"

꾸벅 고개를 숙이던 그녀가 늠름한 모습의 은우를 보자마자 달려와 안긴다.

"은우야!"

"잘 지냈지?"

좀 더 크고 단단해진 은우의 품에 안긴 그녀가 눈물을 글썽인다.

“왜 연락도 안 하고 이제야 온 거야?”

“깜짝 놀래주고 싶어서 그랬어.”

“칫, 거짓말하고 있네. 귀찮아서 그런 거지?”

입술을 삐쭉 내미는 그녀의 모습은 아직도 영락없는 열일곱 살 소녀다.

“에이, 그럴 리가 있나?”

“정말?”

“당연하지.”

그녀는 은우의 사람들의 시선 따위는 신경 쓰지 않고 그의 손을 잡는다.

“이제는 어디로 도망가지 않을 거지?”

“그래, 이젠 어디에도 가지 않을 거야.”

한껏 미소를 지은 그녀가 어쩔 수 없이 은우의 손을 놓는다.

“조금 있으면 아르바이트 끝나. 그러니까 여기서 조금만 기다려. 알겠지?”

“그래, 알았어.”

이윽고 그녀가 다시 카운터로 돌아간다.

평소보다 더 기분이 좋아 보이는 그녀가 자꾸만 미소를 짓는다.

돌아올 곳이 있다는 것은 상당히 행복한 일인 듯하다.

*　　*　　*

여자의 변신은 무죄라고 했던가?

하나가 신비로운 분위기의 아가씨가 되었다면 예지는 무척이나 아찔한 매력을 발산하는 '여자'가 되어 있었다.

"저, 정말 은우 맞아?"

"그건 내가 할 소리 아닌가?"

검게 그을린 피부와 한층 더 다부져 보이는 몸은 정말 2년 전의 은우가 맞는지 눈을 비비게 만들 광경이다.

하지만 지금 예지의 모습 또한 친구라도 못 알아볼 지경이다.

"요, 요즘은 이렇게 입고 다니는 것이 대세라고 해서 말이야."

"어쩐 일로 이런 노력을 다?"

"…자꾸 남자에게 차이니까 인터넷에 물어봤지. 왜 자꾸 차이는 거냐고. 그랬더니 먼저 스타일을 바꾸라고 하더라고."

"그랬더니?"

그녀가 은우에게 핸드폰을 건넨다.

"이렇게 바뀌었지."

조각 같은 분위기의 남자가 예지의 어깨에 팔을 두른 채 앉아 있다.

언뜻 보기에도 상당히 다정해 보이고 깨소금이 쏟아지는 것 같다.

은우는 사진을 보며 실소했다.

"드디어 솔로에서 벗어났군 그래."

"…지식을 쌓아서 나쁜 것은 하나도 없는 것 같아."

"이제 겉모습을 바꾸었으니 어떻게 할 거야? 이쪽으로는 아예 상식이 없잖아."

"인터넷이 있잖아."

연애를 하는 방식도 글로 배우다니 역시 그녀다운 발상이다.

은우와 예지가 담소를 나누고 있는 동안 하나가 커피 석 잔을 들고 다가온다.

"무슨 얘기가 그렇게 재미있어?"

"인생에 대한 고찰이라고 해야 하나?"

"인생?"

지금까지 생산적인 얘기라고는 거의 한 적이 없는 은우와 예지로서는 가장 길고 진득한 대화였을 것이다.

앞으로 이런 대화가 더 많이 오가면 좋을 것 같다는 생각이 든다.

세 사람이 모두 모인 가운데 은우가 가장 핵심적인 얘기를 꺼낸다.

"내가 누나들에게 할 말이 있어."

지금까지 이렇게 진중한 분위기로 말한 적이 없는 은우에게 그녀들이 의외라는 듯 고개를 갸웃거린다.

"무슨 말?"

"앞으로의 청사진에 대해서 논의를 했으면 해."

"청사진이라면……."

“인생에 대한 것이지. 우리는 젊고 할 일은 많으니까.”

은우는 그녀들에게 자신의 회사에 대한 자료들을 보여주었다.

“이건 지금 내가 가지고 있는 회사야. 오로지 신형 원자로에 대한 연구에 최적화된 상태지. 게다가 화진그룹에서 휘하로 내 회사를 흡수하려는 중이야.”

“그렇다면 네 연구 결과에 대한 원천 기술을 회사로 귀속시키겠다는 뜻 아니야?”

“맞아. 그런 셈이지.”

“그렇게 되면 로열티에 대한 부분은 나누어 갖는 것 아니야?”

하나는 지금 은우가 하려는 일이 얼마나 어마어마한 가치를 지니고 있는 일인지 누구보다 잘 알고 있다.

예지 역시 화진그룹이 원천 기술에 대한 권한을 가지고 간다면 어떤 일이 벌어질지 예상한 듯하다.

은우는 그런 그녀들에게 자신이 계획한 것들을 설명하기 시작한다.

“지금 나는 미국과 러시아의 로비를 받고 있는 중이야. 하지만 그들의 로비를 그대로 받아들였다간 다시는 한국 땅을 밟을 수 없을지도 몰라. 그래서 이득은 취하면서 기술은 넘기지 않을 계획이 필요해.”

“그런 방법이 있어?”

“러시아와 미국을 이용해서 화진그룹의 기세를 꺾으면서

양국에서 받을 것은 받아내는 거지."

"흐음……."

"계획이 있다면… 우리가 도와줄 일은?"

은우가 고개를 젓는다.

"아니. 나는 그 이후에 대한 것을 말하고 싶어. 회사가 자리를 잡으면 나와 함께 본격적으로 사업을 꾸려 나갔으면 해."

"함께 사업을?"

"처음부터 끝까지 우리 셋이 회사를 굴려 나가는 거야. 함께 연구도 하고 사업도 하면서 말이야."

여자들에게 사업에 대한 제안은 다소 부담스러울 수도 있다.

하지만 그녀들은 흔쾌히 은우의 제안을 받아들인다.

"언젠가는 함께 연구소를 차리자고 했었잖아. 그 꿈을 이뤄 준다는데 마다할 필요는 없지."

"…나도 찬성이야."

세 사람은 이제 단순한 친구가 아닌 한 배를 탄 몸이 되었다.

*　　*　　*

은우가 연구비 명목으로 지원 받는 돈은 한 해에만 약 150억 원 정도이다.

하지만 그것은 실제로 은우가 군에 입대한 후 연구를 진행하는 곳에 쓰이고 있으며 회사 내부에서는 이렇다 할 수익을 발생시키지 못하고 있었다.

제대를 하고 나서 한 달, 은우는 주변의 시선을 의식하여 휴식 기간을 갖기로 했다.

하지만 그것은 어디까지나 대외적인 것이다.

은우는 자신의 회사를 본격적으로 키워내기 위하여 핵물리학 연구를 제외한 다른 곳으로 눈을 돌리기로 한다.

사업을 위하여 5년을 각종 정보를 수집하는 데 사용한 은우는 본격적으로 정보를 자금으로 바꾸는 데 주력하기로 한 것이다.

돈을 버는 데 있어 가장 중요한 것은 두 가지이다.

정보와 타이밍.

믿을 만한 정보와 정확한 타이밍은 사업에 있어 가장 중요한 요소인 것이다.

하지만 거기에 자신의 목숨쯤은 가볍게 내어놓을 수 있는 배짱이 있다면 조건은 갖추어진 셈이다.

우선 은우는 대포폰을 개설하여 자신에게 원조를 보내고 있는 한국 정부와 접촉하기로 했다.

지금부터 정부와 접촉하는 사람은 철저히 은우 본인이 아니며 이 만남의 목적이 탄로 나서도 안 될 것이다.

음성 변조기와 대포폰을 이용하여 산자부 소속 김영수 차장과 접촉하였다.

이미 연줄을 다 가지고 있는 상태이기 때문에 그와 접촉하는 것은 아주 간단했다.

전화기를 손에 쥔 그가 건물 옥상에 몸을 숨긴 채 저격용 망원경으로 목표물을 기다리고 있다.

이윽고 전화가 울린다.

따르르릉!

은우가 전화를 받는 순간, 위치 추적 시스템이 그를 추적하게 된다.

하지만 그는 루야나드 대륙에서 가지고 있던 힘의 절반을 회복한 상태다.

위치가 탄로 난다고 해도 그의 정체가 드러날 일은 절대로 없을 것이다.

"도착했습니까?"

끝까지 정체를 밝히지 않는 은우에게 김영수는 강한 의구심을 나타낸다.

―도대체 그런 음성 변조로 나에게 무슨 협상을 바라는 겁니까?

"그래도 구미가 당기니까 이곳까지 나온 것 아닙니까?"

은우는 지금 그가 개발하고 있는 초고농축 우라늄 발전에 대한 핵심 기술을 자신이 가지고 있다고 김영수를 꼬드겨 낸 것이다.

처음에는 은우의 말을 믿지 않고 콧방귀를 뀌던 김영수는 그가 조금씩 던지는 떡밥에 슬슬 반응하고 있다.

"원자로 설계에 대한 도면을 내가 가지고 있다는 것이 거짓

말인 것 같습니까?"

　―무조건 못 믿는다는 것이 아닙니다. 일단 내가 볼 수 있도록 얼굴을 내미는 것이 먼저 아니겠습니까?

　"후후, 그렇게 쉽게 내 얼굴을 보여줄 것 같았으면 애초에 전화를 걸지도 않았습니다."

　은우는 이제 슬슬 자리를 옮길 준비를 했다.

　아마도 핵심 기술이 털렸다는 소식이 진실로 밝혀지면 한바탕 난리가 날 것이기 때문이다.

　―도대체 원하는 것이 뭡니까?

　"나 같은 정보 장사꾼이 원하는 것이 무엇이겠습니까?"

　―그깟 돈 때문에 국가 중요 기술을 빼내어 팔아먹겠단 말입니까?

　"그럼 도대체 무엇 때문에 내가 목숨을 건다고 생각하는 겁니까? 설마하니 공짜로 이런 말도 안 되는 일을 한다고 생각하는 것은 아니겠지요?"

　―좋습니다. 원하는 액수와 현재 당신이 어디까지 알고 있는지 말하십시오.

　은우는 자신이 생각했던 가장 적당한 금액을 제시한다.

　"한국 돈으로 500억 정도면 한번 생각해 볼 법도 한데……."

　―지금 그걸 말이라고 하는 겁니까?!

　"후우, 뭐 그렇다면 어쩔 수 없이 미국으로 가야겠군요. 미국에서는 아마 좀 더 후한 값을 쳐줄 것 같은데."

─돈 때문에 나라를 배신하겠다는 겁니까?!

"나는 돈 나고 나라 났다고 생각하는 놈입니다. 그런 뜨뜻미지근한 애국심 따위는 애초에 가지고 있지도 않단 말입니다."

─뭐, 뭐요?!

"쯧쯧, 그렇게 쉽게 흥분하다니… 협상에 대한 의지가 전혀 없는 듯하군요."

그제야 그는 허를 찔렸다는 듯 당황한 기색을 보인다.

─아, 아닙니다. 하여간 일단 만나서 협상 조건을 조율하는 쪽으로 합시다.

"후후, 아까부터 자꾸 말도 안 되는 소리만 하시는군요."

─일단은 만나서 뭘 어떻게 할지 결정하는 것이…….

은우는 일말의 단서만 던지기로 한다.

"좋습니다. 그럼 좀 더 구미가 당기는 것을 드리지요."

전화를 받는 채로 문자 메시지를 작성한 은우가 발신 버튼을 눌렀다.

"이것을 보고도 생각이 바뀌지 않는다면 나는 내일 당장 미국행 비행기를 탈겁니다."

그가 적어 보낸 문자에는 서울역 부근에 숨겨놓은 USB 케이블에 대한 위치가 나와 있었다.

─자, 잠깐!

은우는 곧바로 전화를 끊어버린다.

＊　　　＊　　　＊

초고농축 우라늄 발전에 대한 정보는 오로지 러시아를 비롯한 4개국만이 알고 있는 극비 사항이다.

이것을 공유했다는 사실이 유포되는 것만으로도 상당한 곤란을 겪게 될 것이다.

러시아 측이 이 사실을 공유하면서 벌어진 개발전쟁은 지금 절정에 다다른 상태였고, 만약 누가 먼저 이 기술을 개발하기라도 한다면 엄청난 커미션이 떨어질 예정이다.

그런 가운데 한국에서 개발된 핵심 기술이 유출되었다는 것은 지식경제부 전체가 들썩거릴 정도의 문제였다.

쾅!

"지금 뭐라고 했습니까?! 우리 기술을 가지고 흥정을 한단 말입니까?!"

"어쩔 수 없지 않습니까? 그가 가지고 있는 핵심 기술은 현재 미국이 고전하고 있는 딱 그 부분을 채워줄 수 있는 기술입니다. 500억이 아니라 5,000억이라도 내어줘야 할 판이란 말입니다."

"대체 그걸 어떻게 증명할 수 있단 말입니까?"

"아직 강은우가 이 사실을 모르기 때문에 현재 우리가 가지고 있는 정보로만 기술을 연계하여 가상 실험을 해보았습니다."

"가상 실험?"

"강은우가 우리 측에 제출한 데이터를 기반으로 모의실험을 해본 결과, 핵심 기술을 뺀 것과 그렇지 않은 것에서 엄청난 차이를 보였습니다."

"그것이 틀릴 확률은 얼마입니까?"

"0.00009%입니다."

김영수의 보고를 받은 황성식 차관은 머리가 지끈거리는지 자꾸만 관자놀이를 눌러댄다.

"후우, 이것 참 제대로 물렸구먼. 강은우도 이 사실을 알고 있습니까?"

"아직까지는 아무것도 모르는 것 같습니다. 지금 군에서 제대한 후 약 한 달간 휴식을 취할 예정이라고 하더군요."

"팔자 한번 좋군."

고개를 내젓는 황성식에게 김영수가 눈치를 보며 말한다.

"이제 갓 제대를 했으니 쉬는 것도 무리는……."

"지금 이 상황에 제대가 문제입니까?! 누구는 군대 안 다녀온 줄 아나!"

버럭 화를 내던 황성식이 결단을 내리기에 이른다.

"…일단 그의 진짜 목적이 무엇인지 알아낼 필요가 있겠습니다. 우선 500억을 준비하여 그와 접촉하는 것을 최우선으로 하십시오."

"자금은 어디서 조달합니까?"

"그건 내가 무슨 수를 써서라도 만들어냅니다. 그러니 당신은 일 처리나 똑바로 하십시오."

"알겠습니다."

　　　　　*　　　*　　　*

　사실 은우가 500억을 부른 이유는 그것을 회사 자금으로 사용하기 위한 것이 아니었다.

　이것은 그저 미끼에 불과하고 은우는 이것을 시작으로 자신이 취할 수 있는 모든 것을 최대한 취하려 했던 것이다.

　어차피 이 기술은 절대 해외로 빠져나가지 않을 것이다.

　이는 은우가 후일 커미션으로 받아둘 금액을 결정하는 중요한 기술이기 때문이다.

　이번에 그는 방송국 차량을 대절하여 그 안에 앉아서 상황을 지켜보고 있었다.

　"약속대로 500억은 준비했습니까?"

　여의도 공원 한복판에 선 김영수가 복합한 심경으로 전화를 받는다.

　─채권으로만 500억을 꽉 채웠습니다. 그러니 이제 협상에 슬슬 응하시죠.

　아마도 그들은 이 근방에 은우를 잡기 위한 덫을 놓았을 것이 분명하다.

　그 사실을 너무나도 잘 아는 은우로서는 쉽사리 정체를 드러내지 않는다.

　하지만 그들에게서 너무 멀어지는 것은 그에게 있어서도 좋지 않은 선택이다.

"현금이 아닌 채권으로 준비한 것은 칭찬해 드리지요."

—이제는 나를 믿겠습니까?

"흐음, 그거야 일단 지나봐야 알 일 아닙니까? 요즘 세상이 워낙에 흉흉하다 보니 누굴 믿기가 참 힘들군요."

이제 은우는 그들에게 떡밥을 던지기로 한다.

반대편 손에 무전기를 든 은우가 누군가에게 지시를 내린다.

"지금입니다."

—치익, 알겠습니다. 하지만 장비는 확실한 겁니까?

"물론입니다. 설마하니 이런 거대한 스케일의 스턴트를 시키면서 부실한 장비를 주었을까 봐 그러는 겁니까?"

얼굴도 모르는 상태에서 그저 단 돈 100만 원을 벌자고 이 일에 투입되기는 했지만, 나름대로 스턴트를 전공한 그로서는 더 이상 망설일 수 없었다.

—치익, 좋습니다. 그럼 지금 갑니다!

오늘 은우를 대신할 사람은 스턴트 학원에서 뒷돈을 주고 아르바이트로 고용한 사람이다.

물론 방송사에서 비밀리에 진행하는 몰래카메라라는 콘셉트이다.

온몸을 방탄조끼로 무장한 그가 김영식에게 다가선다.

그리고는 가짜 권총을 손에 든 채 조용히 고개를 가로젓는다.

은우는 이때를 노려 몸속에 저장했던 내공을 모두 개방시켰다.

이윽고 잠시 후 스턴트맨에게 8㎜ 탄환이 날아온다.

슈각!

퍼억!

방탄 소재의 바지에 정확하게 두 발의 탄환이 박혔다.

잠시 후 은우는 곧바로 몸을 날려 총탄이 날아온 곳으로 향한다.

바람을 타고 경공을 시전한 은우의 눈에 재장전을 하고 있는 저격수가 보인다.

이윽고 총구를 다시 아래로 내리려던 그의 고개가 옆으로 꺾인다.

퍼억!

"커헉!"

단번에 기절해 버린 그의 무전기를 잡은 은우가 저격수들에게 혼란을 가중시킨다.

"타깃이 도주 중이다!"

─치익, 그게 무슨 소리인가? 현재 타깃은 센터 앞에 누워 있지 않은가?

"아니다. 그것은 속임수다. 진짜 타깃은 현재 북쪽으로 도주 중이다."

은우의 말대로 모든 대원의 총구가 북쪽으로 돌아간다.

그곳에는 정말로 오토바이에 탄 청년이 마치 도망치듯 달리고 있다.

─치익, 젠장! 본부, 본부 나와라!

─치익, 본부 나왔다. 귀소, 왜 사격하지 않는 것인가?
─치익, 무슨 소리인가?!
─치익, 지금 타깃이 북쪽으로 도망가는 중이라…….
─치익, 도통 무슨 소리를 하는 것인지 모르겠군.
무전이 완전히 꼬여 버린 듯하다.
이윽고 자리에 누워 있던 스턴트맨 역시 경찰특공대의 눈을 피해 사라지고 난 후 은우가 다시 전화기를 잡았다.
"오호라, 이런 꼼수를 쓸 작정이었습니까?"
은우의 전화에 김영식의 목소리가 사정없이 떨려온다.
─그, 그런 것이 아니라…….
"기회를 주었는데도 듣지 않는다니… 어쩔 수 없지요."
─자, 잠깐!
가차없이 전화를 끊어버린 은우는 곧바로 서울 본가로 향했다.

＊　　＊　　＊

기밀 사항으로 진행되고 있던 프로젝트인 만큼 그 누구에게도 이 사실이 알려져서는 안 된다.
은우가 현재 거주하고 있는 강남 논현동 인근의 한 카페에 황성식이 아주 말끔한 차림으로 앉아 있다.
그러나 오늘 오후에 약속을 잡은 은우가 도통 나타나지를 않는다.

이쯤 되면 지식경제부 차관으로서의 자존심에도 상당히 큰 흠집이 날 만도 하다.

하지만 그는 재촉 전화를 한다거나 그의 집에 출발했다는 확인 전화도 하지 않는다.

그저 그가 이곳에 나타날 때만을 기다릴 뿐이다.

은우는 그가 먼저 도착했다는 것을 알면서도 근방에서 시간을 보내고 있었다.

멀리서 망원경으로 그를 바라보며 한가롭게 떡볶이까지 사 먹고 있다.

그가 이렇게 배짱을 튕기는 이유는 군대라는 면죄부를 가지고 있기 때문이다.

은우가 연구소를 비운 사이, 기술의 보안은 화진그룹과 지식경제부에서 책임져야 했기에 은우는 아무런 관련이 없다.

고로 그가 이렇게 배짱을 튕기면 튕길수록 똥줄이 타는 쪽은 황성식인 것이다.

손목에 채워진 시계를 확인해 보니 약속 시간이 약 30분 정도 지난 것 같다.

"지금이 적당하겠군."

포장마차 떡볶이 값을 계산한 은우가 천천히 걸어 카페에 들어섰다.

딸랑!

소리가 들리자마자 차관의 비서실장이 버럭 소리를 친다.

"지금 시간이 몇 시인지 아십니까?!"

하지만 은우는 그저 난감한 표정만 지을 뿐 딱히 별다른 평계를 대지 않는다.

"…죄송합니다."

그런 그를 황성식이 직접 두둔한다.

"아닙니다. 일단 앉으시죠."

"차, 차관님!"

"내가 괜찮다고 하지 않습니까! 일단 앉으시죠."

그림이 이렇게 돌아가니 비서실장만 나쁜 사람이 되는 것 같다.

그의 표정이 썩 좋지 않음에도 황성식은 여전히 침착한 표정으로 일관한다.

평소 다소 신경질적인 그의 모습은 아예 보이지도 않는다.

속으로 그가 얼마나 열이 받아 있는지는 굳이 따지지 않아도 알 것 같다.

하지만 황성식은 최대한 조용한 어조로 말을 걸었다.

"바쁘신 것은 압니다만, 부득이하게 이렇게 부르게 되었습니다. 다소 기분이 나쁘시더라도 용서하십시오."

은우는 슬쩍 고개를 끄덕였다.

"괜찮습니다. 어차피 한 달간은 쉬기로 했으니까요. 지금은 별로 바쁘지도 않습니다."

순간 평온하던 황성식의 안면 근육이 살짝 뒤틀린다.

"하, 한 달간… 휴식을 갖기로 하셨다?"

"그렇습니다. 제대를 하고 나니 하고 싶은 일이 너무 많아서 말입니다.”

“그럼 오늘은…….”

“집에서 어머니가 차려주신 밥을 먹었지요.”

“…….”

뻔뻔해도 이렇게 뻔뻔할 수가 있을까?

은우의 말대로라면 그가 늦은 것은 순전히 집에서 빈둥빈둥 놀다 약속을 잊은 것밖에 되지 않는다.

얼굴이 붉으락푸르락하는 황성식에게 은우는 오히려 이해를 할 수 없다는 듯 고개를 갸웃거린다.

“왜 그러십니까?”

“…아닙니다. 괜찮습니다.”

이대로 조금만 더 도발했다간 금방이라도 얼굴이 터져 버릴 판이다.

이제 그의 평정심까지 흩뜨려 놓았으니 본격적으로 흥정을 할 차례이다.

“그나저나 저를 이곳까지 부르신 이유는 무엇입니까?”

가까스로 평정심을 되찾으며 황성식이 물을 한 잔 마시고 얘기를 이어 나간다.

“단도직입적으로 말씀드리지요. 대표님께서 연구하신 초고농축 원자로 기술에 대한 것이 의문의 사내에게 강탈당했습니다.”

“의문의 사내라니요?”

“아니, 사내라고 단정 지을 수는 없습니다만… 아무튼 그렇게 추측하고 있습니다."

아무래도 아직 완벽하게 평정심을 찾지 못한 듯하다. 그의 말이 다소 중구난방이다.

이윽고 은우가 오만상을 다 찌푸렸다.

"자, 잠깐! 지금 차관님의 말씀인즉슨, 사내인지 여자인지 모를 사람에게 제 기술이 넘어갔단 말입니까?"

"…죄송하게 되었습니다."

이제 화를 내는 쪽은 은우다.

"분명 제가 입대하기 전, 제 연구에 관한 모든 권한을 정부에 넘겨주었습니다! 보안에 대해서는 철저하게 관리한다고 보안 관리 각서까지 작성하지 않았습니까?! 그런데 이제 와서 기술 유출이라니요?! 이게 도대체 무슨……!"

이런 상황까지는 미처 예상하지 못했는지 황성식의 얼굴에 당혹감이 서린다.

"흠흠, 일단 제 얘기를 먼저 들어보시죠."

한바탕 화를 낸 은우가 자세를 다소 뒤로 눕힌다.

"후우, 좋습니다. 일단 한번 들어나 보지요."

국가 기반산업이 될 수도 있는 중요한 것이니 특별히 국가에 위임한 후 입대할 것을 권했던 황성식으로서는 입이 열 개라도 할 말이 없을 것이다.

그러나 그는 꾸역꾸역 말을 지어낸다.

"아무래도 누군가 작정하고 스파이 짓을 한 것 같습니다. 그래서……."

“그래서 기술이 엉뚱한 년인지 놈인지 모를 사람에게 넘어
가는 것을 가만히 보고만 계셨다?”

은우의 도발에 비서실장에 버럭 소리를 지른다.

“말이 너무 심하시군요!”

하지만 황성식이 그를 만류한다.

“아, 아닙니다. 아무튼 몇 번을 사죄드려도 모자라지 않다는
것은 잘 알고 있습니다.”

“후우, 이거 참, 큰일이 터졌군요. 이것을 화진그룹에서도
알고 있습니까?”

“그, 그건…….”

“허어! 국가기관과 기업의 관계를 넘어서 굳건한 파트너십
을 운운하던 차관님은 도대체 어디로 가신 겁니까?”

황성식은 주먹을 부들부들 떨면서 은우의 언사를 다 참아냈
다.

“그런 뜻이 아닙니다. 그저 분란을 만들고 싶지 않은 것뿐입
니다. 오해는 하지 말아주십시오.”

“그래서, 그룹도 아니고 저를 먼저 찾아오신 이유가 뭡니
까?”

“무리한 부탁인 것은 알고 있습니다만, 대표님께서 지금 하
고 계신 연구가 완성 단계에 이르렀다고 발표해 주셨으면 합
니다.”

“지금 이 상황에서 저에게 거짓말까지 하라는 겁니까?”

“어쩔 수 없습니다. 이 사태를 수습할 방법은 미국이 원천

기술에 대한 소유권을 주장하기 전에 우리가 먼저 선수 치는 방법밖에 없습니다. 그러니 부디 선처를 베풀어주십시오.”

꾸벅 고개를 숙이는 그를 보며 은우가 다소 황당한 표정을 짓는다.

“허참!”

“이렇게 부탁드립니다.”

아들 같은 사람에게 고개를 굽실거리는 황성식에게 은우는 하는 수 없다는 듯 고개를 가로저었다.

“절반짜리 기술을 발표하는 것만으로 이 사태가 수습될 거란 말입니까?”

“대표님께서 이해만 해주신다면 나머지는 저희가 알아서 수습하겠습니다.”

단 하나의 해법, 은우는 자신이 의도한 대로 일이 흘러가고 있다는 생각에 슬쩍 미소를 짓는다.

“좋습니다. 그럼 그렇게 하시죠.”

“저, 정말입니까?”

“마음 바뀌기 전에 먼저 일어나겠습니다.”

이윽고 밖으로 나서 버리는 은우의 등에 대고 황성식은 연신 고개를 숙였다.

*　　*　　*

그가 황성식에게 말했던 대로 한국에서 핵심 기술에 대한 발표를 시작하였다.

찰칵!

기자들의 플래시 세례가 이어지는 가운데 은우가 마이크를 잡았다.

"이번 개발로 인하여 우리 원자력 기술력은 세계에서 인정하는 수준이 될 겁니다. 비록 이런 저이지만 국가에 이바지할 수 있게 되어 참으로 영광이라 생각합니다."

대외적으로 그가 발표한 완성도는 80%, 향후 3년 안에 신형 원자로를 완성할 수 있는 정도의 기술이었다.

등 떠밀리듯 발표하기는 했지만 그는 이미 기술에 대한 전부를 가지고 있는 상태였다.

그에 끼워 맞춰 논문을 작성하는 것쯤은 식은 죽 먹기다.

이 일로 황성식은 한시름 놓겠지만 한국을 비롯한 4개국은 오히려 또 다른 국면으로 접어들었다.

지금부터 그를 포섭하기 위한 움직임이 본격적으로 시작될 조짐을 보이기 시작했던 것이다.

*   *   *

기술 발표 후 황성식은 미국이 어떤 반응을 보이고 있는지 관찰해 보기로 했다.

미국 에너지국(DOE)의 핵 안보 에너지국장 제임슨과의 통화가 진행 중이다.

─발표 잘 보았습니다. 벌써 그렇게 대놓고 발표해도 되겠습니까?

이미 TV로 소식을 접했을 제임슨은 황성식에게 모종의 인물이 접촉했다는 사실을 언급하지 않는다.

당연한 일이다.

은우의 초고농축 우라늄 발전이 미래 에너지 산업에 어떤 측면을 담당할지 아무도 모르기 때문이다.

이런 반응을 미리 예측하고 있던 황성식은 평소와 같이 행동하면서 슬슬 미끼를 던지기로 한다.

"안 그래도 우리가 진행 중이던 프로젝트가 공개되면서 여론이 거세게 일어나고 있습니다. 아직 한국의 안보가 불안정하기 때문이겠지요."

─그 정도 예상은 미리 하고 있던 것 아닙니까? 어차피 한국에서 에너지 풍년을 맞으면 북한에서도 자신들에게 콩고물이 떨어질 것을 알고 있을 테니 조만간 그들도 뭔가 액션을 취하겠지요.

"그렇기는 합니다만, 생각보다 여론이 거세군요."

─하여간 좋겠습니다. 조약에서 가장 빨리 성과를 보였으니 말입니다.

황성식은 은근슬쩍 원자로에 대한 얘기를 꺼냈다.

"듣기로는 미국도 이미 절반은 완성했다고 하던데, 아닙니까?"

하지만 역시 그는 이 대목에서 말을 아낀다.

―어허, 이거 왜 이러십니까? 우리끼리 그런 소리는 꺼내지 않기로 한 것 아니었습니까?

"기왕지사 이렇게 된 김에 물어보는 겁니다. 우리가 연구 성과를 발표했으니 그쪽에서도 뭔가 기별이 있을 것 같아서 말입니다."

하나를 보여주었으니 다른 하나를 보여달라는 식의 말투다.

―그런 것이 있었으면 진즉에 발표했겠지요. 우리라고 국민의 관심을 이끌어 핵에너지 산업을 더욱 부흥시키고 싶은 마음이 없겠습니까?

"흐음, 그렇습니까?"

―다만…….

"다만?"

―이런 말씀 드려도 될지 모르겠군요.

"괜찮습니다. 우리끼리 뭐 어떻습니까?"

말을 빙빙 돌리는 듯하더니 결국 이실직고한다.

―좋습니다. 차관님이니까 말씀드리는 겁니다. 얼마 전 우리에게 웬 국적 불문의 남자가 접촉해 왔습니다. 초고농축 우라늄에 대한 정보를 팔겠다고 말이죠.

"그런 일이 있었습니까?"

짐짓 놀라는 듯한 그의 제스처에 제임슨이 패나 진지한 목소리로 말한다.

―물론 그런 말도 안 되는 거래는 트지 않았습니다만, 솔직히 오늘 아침 너무 놀랐습니다. 그 엉터리 기술이 당신들의 것

과 아주 흡사했기 때문이죠.

"그가 제시한 기술이 말입니까?"

─처음엔 저도 이게 무슨 일인가 싶다가 황당무계한 소리라 그냥 무시해 버렸습니다. 하지만 지금 그것과 너무 흡사해서 뒤통수를 후려 맞은 기분이군요.

"흐음……."

─그래서 저는 이게 지금 한국과 미국을 놓고 저울질하는 것인가 싶어 뒷조사까지 시킬 뻔했습니다. 혹시 그 작자가 한국에서 기술을 빼돌려 뭔가 작당하려고 했던 것은 아닐까 하고 말입니다.

"살다 보니 별일이 다 있군요."

이렇게 멍석을 깔아놓았으니 뭔가 조건을 제시할 것 같은 느낌이 든다.

─그래서 말인데, 그 작자에 대해 뭔가 아는 것이 있는지 궁금하군요.

솔직함 뒤에는 꼭 이렇게 조건을 제시한다.

하지만 그는 고개를 가로젓는다.

"설마하니 그런 작자를 제가 알겠습니까? 우리나라에서는 그럴 일 절대로 없습니다."

─그렇다면 다행입니다만…….

황성식은 과연 그들의 속사정이 어떤지는 몰라도 최소한 은우가 이 일을 적당하게 해결한 것은 맞았다는 생각을 머릿속에 각인시킨다.

*　　*　　*

은우가 신형 원자로 기술에 관한 논문을 발표하는 동시에 미국, 러시아가 동시에 은우를 포섭하기 위해 움직이기 시작했다.

신형 원자로가 개발 직전에 이르렀다는 것은 다른 국가로서는 절대로 두고 볼 수 없는 일이었던 것이다.

에너지 개발에 가장 먼저 뛰어들었던 러시아에서 먼저 은우에게 아주 은밀하게 접근해 들어왔다.

러시아 정보국 산하 산업기술정보부 부장 블라디미르 사샤가 은우를 만나기 위해 벌써 회사 밖에서 네 시간째 죽을 치고 있다.

하지만 은우는 도통 그를 만날 생각조차 하지 않는다.

그런 은우에게 하나가 고개를 갸웃거리며 물었다.

"어째서 사람이 기다리는데도 꼼짝도 하지 않는 거야?"

"국가의 기밀을 발설해 달라고 찾아온 사람이야. 만날 가치도 없어."

언뜻 보면 은우의 거절은 애국심에서 우러나온 것으로 보이지만 사실은 그렇지가 않다.

시간을 끌면 끌수록 은우에게 돌아오는 것은 상당히 많을 것이고, 기술 유출을 무척이나 두려워하는 한국에서도 어느 정도 안심할 것이기 때문이다.

　그렇게 기다리기를 다섯 시간, 드디어 은우가 건물 밖으로 모습을 드러낸다.

　그러자 검은색 밴에 타고 있던 러시아 정보국 요원들이 은우에게 쪼르르 달려와 고개를 숙인다.

　"저희와 잠시 얘기 좀 하시죠."

　능숙한 한국어 실력을 겸비한 그들에게 은우는 오히려 러시아어로 대답한다.

　"저는 그저 당신들과 기술에 대한 얘기를 할 수 없다는 것을 전하러 온 것뿐입니다. 그러니 제가 이곳으로 나온 것을 두고 오해는 하지 말았으면 좋겠습니다."

　상당히 부정적인 말임에도 그들은 이것을 기회로 여기고 끈질기게 인연의 끈을 만들어 나가려 노력한다.

　"알고 있습니다. 당연히 당신의 기술에 대한 정보를 저희에게 넘기시지 않겠지요. 저희는 박사님께 무조건 기술을 넘겨달라고 온 것이 아닙니다. 그저 저희에게 작은 가르침이라도 주십사 청하는 겁니다."

　만약 꼬리가 있었다면 보이지도 않을 정도의 속도로 흔들 것 같다는 생각이 든다.

　연신 고개를 숙이는 그들에게 은우가 할 수 없다는 듯 말했다.

　"흐음, 그저 조언 몇 마디면 된다는 겁니까? 그렇게 해드리면 당장 한국을 떠나실 수 있겠습니까?"

　"그렇게 해주신다면 이 은혜는 평생 못 잊을 겁니다."

“대신 저는 신형 원자로에 대한 그 어떤 정보도 발설하지 않을 겁니다.”

“여부가 있겠습니까.”

은우는 조금 찝찝한 표정을 지으며 그들의 검은색 밴에 올랐다.

*　　　*　　　*

은우의 회사 앞, 그를 만나기 위해 찾아온 사람들은 러시아 정보부 요원들만이 아니었다.

미국 에너지부 장관의 직속 기관에서 파견 나온 요원들 역시 은우를 포섭하기 위해 그의 행동 하나하나에 주의를 기울이고 있었다.

그러던 중 그들의 눈앞에서 은우가 러시아 요원들을 따라가는 것이 포착되었다.

“타깃이 러시아 놈들과 함께 움직입니다. 어떻게 할까요?”

지금부터 은우 한 명의 몸값은 1, 200억으로도 환산할 수 없을 지경이다.

그런 VIP를 미국에서 순순히 놓칠 리가 없다.

─무조건 쫓아라. 만약 협상의 여지가 보인다면 요원들을 암살해도 좋다.

“하지만 이곳은 한국입니다. 일 처리가 상당히 복잡해질 수도 있을 텐데요.”

―명령이다. 물불을 가리지 마라. 강은우가 러시아에 넘어
가는 순간 모든 것이 끝이다.

"알겠습니다."

이윽고 검은색 밴을 따라 그들이 움직인다.

*　　　*　　　*

미행이 따라붙었다는 것은 이미 알고 있는 사샤는 차 안에
서 협상을 하기로 했다.

"박사님께서 개발하신 기술은 인류에 상당히 크게 기여할
겁니다. 학계에서는 노벨물리학상에 강은우 박사님을 올리자
는 움직임도 있다고 들었습니다."

"러시아 정보부는 그런 세세한 정보까지 다 파악하고 있습
니까?"

"박사님에 관한 것이라면 더 자세한 것도 알아봐 드릴 수도
있습니다."

"제 뒤를 캐는 것이 취미가 아니라면 그만두시죠."

"뒤를 캔 것은 아닙니다. 그저 박사님의 기술이 얼마나 뛰어
난 것인지 알려 드린 것뿐입니다."

이윽고 사샤는 사설을 접고 곧바로 본론으로 들어간다.

"저는 이런 뛰어난 기술은 그만한 대우를 받을 수 있다고 생
각합니다. 최소한 신형 원자로와 같은 기술이 지닐 가치가 이
정도는 되어야 하지 않겠습니까?"

러시아에서 은우에게 전달하고자 하는 엄청난 것이었다.

그것은 바로 러시아의 사설 기술 그룹 마엘조 그룹의 인수에 대한 기밀 문서였다.

"마엘조 그룹은 우리 러시아가 10년 넘게 공들여 키워온 그룹입니다. 그만큼 그들이 가지고 있는 기술의 가치는 상상을 초월하지요. 대표님께서 이 회사를 맡아주신다면 저희로서는 크나큰 영광일 겁니다."

신형 원자로와 재벌 그룹 하나의 맞교환이라니 로비로서는 상상을 초월하는 조건이다.

하지만 은우는 고개를 젓는다.

"상당히 달콤한 제안입니다만, 저는 당신들의 말을 따르지 않겠습니다."

제안을 거절하는 은우에게 사샤가 고개를 가로젓는다.

"뭔가를 바라고 드리는 것이 아닙니다. 그저 인류 발전에 크게 기여한 박사님께 저희가 자진해서 드리는 겁니다. 이를테면 기술에 대한 기부라고 생각해 주십시오."

"이런 대기업을 거저 주겠다는 겁니까?"

"기부에 조건은 없습니다. 계약서를 보면 아시겠지만 그 어떠한 조건도 들어 있지 않습니다. 그저 우리가 공들여 키워온 회사를 박사님께서 더 크게 키워주셨으면 하는 바람입니다."

은우를 포섭하기 위한 러시아의 베팅은 실로 놀라울 정도이다.

이미 서명까지 모두 마친 상태. 은우가 서류에 도장만 찍으

면 러시아 재계의 30위 안에 드는 거대 그룹이 넝쿨째 굴러들
어 올 판이다.

하지만 은우는 그들의 제안을 정중히 거절했다.

"죄송합니다만, 아무런 조건 없이 그런 회사를 받을 수는 없
습니다."

끝까지 완강한 태도를 고수하는 은우에게 사샤가 안타까운
표정을 짓는다.

"흐음, 박사님께서 그렇게까지 싫어하신다면 저희도 어쩔
수 없지요."

"먼 길 오셨는데 결과가 좋지 않아 유감이군요."

"아닙니다. 귀한 시간을 저희에게 할애해 주셔서 오히려 감
사할 따름입니다."

이윽고 차가 멈춰 서는데, 사샤가 은우에게 서류를 건넨다.

"어차피 박사님께서 받지 않으시면 의미가 없는 서류입니
다. 가지고 계시다가 생각이 바뀌시면 도장만 찍어서 저희에
게 보내주시면 됩니다."

은우의 손에 서류를 쥐어준 사샤가 재빨리 승합차 문을 닫
고 사라져 버렸다.

생각보다 더 큰 물건을 얻었음에 은우는 흡족한 표정을 지
었다.

*　　*　　*

은우가 신형 원자로에 관한 논문을 발표하는 동안 조국인 한국 역시 가만히 있을 수는 없었다.

그들의 입김으로 논문을 발표한 것이고 이미 미국과 러시아 정보부가 움직이고 있다는 것은 간파하고 있었기 때문이다.

한적한 오후, 은우가 연구를 진행 중인 회사로 지식경제부 장관 양철수가 비밀리에 그를 찾아왔다.

15년 전, 산업자원부 비서실장으로 재직하던 양철수는 은우의 부친에 대해서 이미 알고 있는 상태다.

더군다나 그는 강진명과 협상한 장본인으로 지금도 역시 은우를 예의 주시하고 있다.

다만 그가 강진명과 다른 점이라면 최소한 은우가 죽도록 가만히 내버려 둘 사람은 아니라는 점이다.

아마도 은우가 죽던 시점, 양철수는 은우를 찾기 위해 전 세계를 모조리 뒤지고 있었을 것이다.

한마디로 양철수는 적과 아군의 사이에 긴 아주 모호한 존재다.

그가 완벽하게 은우의 편이 될 수는 없을지라도 상당한 도움이 된다는 것은 확실하다.

"논문 잘 보았습니다."

일단 칭찬으로 대화를 시작하는 그에게 은우가 고개를 숙인다.

"감사합니다. 그나저나 이곳까지 직접 어쩐 일이십니까?"

"그저 우리나라에서 가장 뛰어난 인재가 어떤 모습으로 연구에 임하고 있는지 궁금했을 뿐입니다.”

“그렇군요.”

양철수는 상당히 얘기를 돌려서 말하는 타입이다.

생각은 직선적이지만 대화를 하는 스킬에 있어서는 사람을 상당히 편안하게 만드는 스타일인 것이다.

하지만 오늘은 어쩐 일로 상당히 단도직입적인 입장을 취한다.

“그리고 또 한 가지, 박사님을 만나기 위한 목적이 있습니다.”

“말씀하시죠.”

“원래 이런 말을 입 밖으로 내뱉는 사람은 아닙니다만, 상황이 상황인지라 어쩔 수 없군요.”

“무슨 말씀이십니까?”

“얼마 전 황성식 차관의 부하가 몹쓸 짓을 저질렀다고 들었습니다. 그로 인하여 황급히 발표를 진행한 것이고요.”

아마도 그 일이 있을 당시 양철수 역시 어느 정도 눈치는 채고 있었을 것이다.

하지만 직설을 상당히 싫어하는 그로서는 부하를 보호할 방법이 침묵뿐이었다는 것을 생각해 볼 수 있다.

“그래서 제가 박사님께 부탁을 좀 드리려고 왔습니다.”

“말씀해 보십시오.”

“신형 원자로가 정말로 완성된다면 원천 기술에 대한 정보는 절대로 외부로 발설하지 않아주셨으면 합니다.”

은우는 당연하다는 듯 고개를 끄덕였다.

"물론입니다. 설마하니 제가 돈 때문에 기술을 팔아먹는 어처구니없는 짓을 할 수도 있다고 생각하시는 겁니까?"

"그럴 리가 있습니까? 그저 작은 기우에서 부탁을 드리는 것뿐입니다. 다른 의도는 전혀 없습니다."

"걱정하실 필요 없습니다. 생각하시는 그런 일은 절대로 일어나지 않을 겁니다."

그제야 양철수가 환하게 미소를 짓는다.

"박사님께서 나라를 생각하신다는 것을 아주 잘 알고 있습니다만, 그저 제가 소심해서 그런 것뿐이니 오해는 하지 말아주십시오."

"알겠습니다."

"그리고 이건 제 성의입니다."

이윽고 그는 은우에게 천연가스 분화구에 대한 지분을 건넸다.

"이게 뭡니까?"

"저희가 박사님께 드리는 작은 성의라고나 할까요? 국가를 위해 일하시는데 이 정도 사례가 적어도 너무 적다는 것은 아주 잘 알고 있습니다. 하지만 아무쪼록 제 성의를 봐서라도 받아주셨으면 합니다."

천연가스는 2000년도 중반에는 그렇게까지 큰 주목을 받지 못한다.

하지만 하이브리드 엔진 개발과 더불어 에코산업의 부흥으로 재조명을 받으며 그 가치가 서서히 빛을 발하기 시작한다.

그 사실을 누구보다 잘 알고 있을 은우에게 천연가스 분화구에 대한 지분은 상당히 고가의 선물이나 다름없다.

은우는 일단 그것을 거절한다.

"저는 이런 물건을 받을 수 없습니다. 저에게는 이런 물건을 받을 자격이 없습니다."

"그저 작은 성의에 불과합니다. 부담 가지실 필요 없습니다."

"하지만……."

"그리고 그룹에서는 모르게 처리해 두었습니다. 만약 회장님과 이사회 때문에 그러는 것이라면 안심하셔도 됩니다."

조용하지만 그는 은우가 진정으로 원하는 것이 무엇인지 아주 정확하게 간파하고 있는 사람이다.

이런 큼지막한 뇌물은 그룹의 시선을 피하기 힘들고, 그것은 은우에게 상당한 부담이라는 것을 알고 있는 것이다.

명의 이전을 마친 서류를 테이블에 내려놓은 양철수가 자리에서 일어나 은우에게 고개를 숙인다.

"그럼 저는 이만 가보겠습니다."

이미 환갑을 넘은 양철수의 행동에 은우가 재빨리 따라 일어나 마주 고개를 숙인다.

그의 제안을 거절할 기회조차 없을 정도이다.

나이까지 이용하여 로비에 임하는 그의 수완은 은우 역시 감탄할 지경이다.

하지만 그런 방법은 은우에게 있어 전혀 나쁠 것이 없다.

뇌물을 대놓고 받기란 그렇게 쉬운 일이 아니기 때문이다.

아주 세세한 부분까지 배려하는 사려 깊은 장관이 사람들의 시선을 피하여 회사를 빠져나갔다.

＊　　　＊　　　＊

화진그룹의 사장단 회의.

은우는 이곳 소속 사장은 아니지만 앞으로의 그의 행보에 대한 논의가 있을 예정이다.

이곳에서 은우는 그룹 내부에서 자신의 편이 얼마나 있는지 확인해 보았다.

그가 나름대로 조사해 본 결과, 전생에서 자신이 죽는 데 일조한 사람은 강진명과 그의 친아들 강주원이 전부였다.

국가는 오히려 그를 연구직에 오래 머물게 하여 과학 기술 발전을 장려시키려 했다는 점을 알아냈다.

그렇다면 최종적으로 그의 친부를 살해하는 데 동조한 사람들을 찾아내는 일만 남은 것이다.

우선 그는 자신에게 적대적인 감정을 가지고 있는 사람들을 추리고 그렇지 않은 사람들은 복수 목록에서 제외하기로 했다.

그 첫 번째 과제로 긴급이사회에서 이사진들의 반응을 보기로 했다.

화진그룹 이사회가 소집되어 본격적으로 은우의 후계자 지정에 대한 안건을 다루게 되었다.

아직까지 후계자 지정을 미루고 있는 은우의 입장을 확고히 다잡기 위해 강진명이 소집한 것이다.

화진그룹에 속해 있지 않은 강진테크놀로지를 그룹에 흡수, 합병하고 은우를 후계자로 올린다는 목적이다.

흡수, 합병에는 전적으로 동의하는 모습이지만, 후계자 지정에는 다소 부정적인 의견을 보이는 사람들이 많았다.

그룹을 맡길 수는 없고, 그가 가진 특혜는 탐난다는 말도 안 되는 생각을 가진 부류들이다.

강진명 회장은 자신의 의견에 반대하는 이사진들에게 강한 반감을 드러내었다.

"도대체 내 아들에게 회장직을 승계한다는 것이 뭐가 잘못되었다는 건가?"

"회사의 정통성을 생각해 보십시오. 우리 화진그룹은 전문 경영인이 경영해야 합니다. 강은우 대표는 과학자이지 사업가가 아니란 말입니다."

"은우가 국가에서 받는 특혜만 중요하고 총수가 되는 것은 반대한다니 그건 도대체 무슨 심보인가?"

물론 강진명 역시 은우를 토사구팽하려는 계획을 가지고 있지만 저들과는 조금 다른 생각을 가지고 있다.

회장직을 승계시킴으로 인하여 자신이 가질 원천 기술에 대한 소유권 주장까지 생각하고 있기 때문이다.

　고로 은우의 회장직 승계를 반대하는 이들은 그저 욕심이 과할 뿐 은우의 친부를 해칠 정도로 치밀하지 않다는 결론이 나온다.

　그러던 가운데 회사에서 가장 젊은 중역인 화진그룹 재무이사 강주원 대표가 그들과 반대되는 의견을 내놓는다.

　"다들 뭔가 대단히 착각하고 계신 모양인데, 강은우 대표가 우리 그룹에 들어오지 않는다면 회장님을 대신할 사람도 없다는 것을 모르십니까? 그가 회장이 되지 않으면 우리에게 돌아올 특혜도 없습니다. 어째서 하나는 알고 하나는 모르는 겁니까?"

　상당히 노골적이고 직설적이지만 현실적이고 사실적인 얘기다.

　원하는 한 가지만을 얻으려는 임원들과는 대조적이지만 그것은 은우를 옹호하는 것이 아니라는 뜻이 된다.

　순간, 은우는 그의 몸에서 뿜어져 나오는 기의 흐름이 강진명 회장과 상당히 닮았다는 것을 느낀다.

　'설마 저놈이?

　은우가 죽는 순간 대신 회장직에 오르려 했던 사람이 있었다.

　물론 중국 사막에서 목숨을 거두는 바람에 얼굴은 볼 수 없었지만 아마도 그가 죽은 후에 곧바로 후계자로 지정되었을 것이다.

　그가 바로 강진명 회장의 친아들일 가능성이 높았다.

　언뜻 보면 은우를 옹호하고 있지만 그는 진정으로 자신이 원하는 것을 얻고자 싸움을 감수하고 있는 것이다.

　다른 곳도 아니고 회사 내부에 아들을 숨겨놓았을 줄은 꿈에도 몰랐던 사실이다.

　비록 다른 임원들에 비해 한참 젊지만 똑 부러지는 성격과 공격적인 말투가 강진명 회장을 상당히 닮았다.

　아버지의 사업을 위해 은우의 그림자에 가려져 살면서도 그는 묵묵히 자신의 자리를 지키고 있었던 것이다.

　그리고 그의 측근으로 보이는 몇몇 임원은 강주원의 정체를 알고 있는 듯 그를 맹목적으로 지지하고 있다.

　마침내 은우는 자신이 그 지경이 되도록 만들었던 장본인들을 모두 찾아냈다.

＊　　　＊　　　＊

　이제 모든 조건이 갖춰진 셈이다.

　은우를 중심으로 돌아갈 회사가 생겼고, 그것을 받쳐줄 천연자원까지 확보했다.

　게다가 아직 은우를 포섭하지 못한 미국에서 그를 끝까지 예의 주시하고 있기 때문에 단번에 화진그룹을 흔들 카드를 만들기에 충분한 상황이 되었다.

　그는 자신이 조사한 모든 사실을 정리하여 언론을 움직이기 시작했다.

　대한민국 최대의 신문사 한명일보 사회부와 경제부 기자들은 자신들의 앞으로 날아온 이메일을 읽고는 소스라치게 놀라 다시 은우를 찾았다.

　명동 한복판에 나타난 은우에게 두 기자는 다짜고짜 펜촉을 들이대었다.

　"이게 정말 모두 사실입니까?"

　"제가 뭐하러 말을 지어내겠습니까?"

　사회부 기자 정진영은 도무지 믿을 수 없다는 듯이 고개를 갸웃거렸다.

　"도대체 강진명 회장이 뭐가 아쉬워서 이성화 박사를 살해했다는 겁니까?"

　그런 그를 보며 경제부 지영선이 은우 대신 답했다.

　"그렇게 정보가 느려서 무슨 기자 생활을 하겠다는 건지……. 원래 화진그룹은 공동명의였다는 걸 모르나요?"

　"화진그룹이 공동명의였다니, 그게 무슨 말입니까?"

　"원래 화진그룹이 출범하게 된 이유는 전부 이성화 박사가 있었기 때문이에요. 정확한 내막은 아무도 모르지만 이성화 박사가 정부와 무슨 딜을 한 것 같더군요."

　은우는 자신이 던져 준 떡밥이 아닌 사실을 알고 있는 그녀를 보며 눈살을 찌푸린다.

　"어떻게 그 사실을 모두 알고 있는 겁니까?"

　"아니 땐 굴뚝에 연기가 날까요? 냄새가 나는 사건을 파다 보면 이런 떡고물들이 떨어지게 마련이죠. 하지만 나도 사람인지라 결정적인 순간에는 역시 대담해지지 못하겠더군요.”

은우는 그녀의 의견에 살을 보태기로 했다.

“중요한 것은 이성화 박사가 죽고 난 후입니다. 그의 아들에게 돌아가야 할 재산은 모두 강진명에게로 돌아갔고, 그가 이성화 박사의 아들을 입양해서 마치 자신의 친아들인 양 키워 냈지요.”

“강은우 대표 말입니까?”

커다란 뿔테안경과 인조 수염을 붙이고 있던 은우가 원래의 자신의 모습을 드러내며 말했다.

“그렇습니다. 그 사람이 바로 접니다.”

사람들의 이목을 피하기 위해 변장을 택했던 은우를 보며 두 사람은 소스라치게 놀라며 묻는다.

“어, 어째서 당신이…….”

“사람이 잘못하면 벌을 받는 것이 당연하지요. 안 그렇습니까?”

진실이 밝혀져 불리한 사람은 강진명이고, 구석에 몰린 강진명은 분명 은우를 처리하려 할 것이다.

그렇게 하려면 스스로 정체를 드러내는 것이 가장 좋다.

“지금 내가 개발해 낸 신형 원자로는 아버지께서 개발하시다 미완에 그친 기술입니다. 상당히 뜻 깊은 개발을 이뤄냈지만 정작 원수의 마수에 의해서 자라났다는 것에 얼굴을 들 수가 없군요.”

두 사람은 더 들을 것도 없다는 듯 은우가 건넨 파일을 받아들었다.

"우리가 당신의 복수를 도와드리겠습니다."

"그럴 수 있겠습니까? 잘못하면 당신들이 다칠 수도 있는데."

"이 나이 먹고 시집도 못 갔는데 조금 더 대담해진다고 뭐가 달라지겠어요? 그냥 올인해 보는 거지."

"아무튼 감사합니다."

"감사는요, 이런 특종거리를 제공했으니 우리가 더 감사하죠."

한명일보에서 가장 공격적인 기사를 쓰는 이들에게 정보가 들어갔으니 과연 어떤 작품이 나올지 은우는 기대해 보기로 했다.

*　　　*　　　*

은우가 기자들과 접촉한 지 하루 만에 그들은 엄청난 기사들을 쏟아냈다.

특종을 자신들이 먼저 기재한 후 다른 신문사 기자들에게 정확한 정보를 모두 뿌리는 바람에 사건은 일파만파 커지는 중이었다.

이미 사건은 종결되었지만 의혹은 커져 서서히 강진명의 목을 조르기 시작했다.

호적등본 열람에 관한 것은 본인 이외에는 절대로 불가능하기 때문에 그나마 은우에 대한 의혹은 의혹으로 남아 있어 간신히 버티고 있었다.

게다가 강진명은 은우가 신형 원자로를 완성 단계에 올려놓았다고 철석같이 믿고 있는 상태다.

강진명은 숨겨둔 자신의 친아들 강주원을 불러 대책을 강구하기에 이르렀다.

"결국 일이 터지고 말았구나. 내가 굳이 말하지 않아도 어떻게 해야 할지 알고 있겠지?"

강주원은 아버지의 말에 흔쾌히 고개를 끄덕인다.

"어머니와 동생들을 위한 일이 아닙니까? 제가 알아서 처리하겠습니다."

"그래, 고맙구나."

여기서 강주원은 처음으로 아버지에게 반문을 한다.

"그나저나 이놈이 죽으면 어머니께서 슬퍼하시지 않겠습니까? 그래도 키워온 정이 있는데."

강진명은 고개를 가로저었다.

"그 일에 관해서는 걱정하지 않아도 된다. 그럴 여자가 아니니까."

"그러면 좋겠습니다만……."

"그런 자잘한 것까지 신경 쓸 겨를이 없다. 네 동생들을 지키기 위한 일이니까."

"알겠습니다. 그럼 모든 것은 강은우의 축하 파티가 있는 날 시작하겠습니다."

"그렇게 하거라."

모든 기우를 접은 강주원이 회장 집무실에서 빠져나와 본격적인 행동으로 들어갔다.

*　　　*　　　*

은우의 원자로 개발을 축하하는 행사가 열리는 날, 턱시도를 입은 은우가 리무진에 올라 있다.

특별한 날을 기념한다는 뜻에서 특별히 회사에서 지원해 준 것이다.

묵묵히 한강의 풍경을 내려다보던 은우에게 운전기사가 말을 건다.

"축하드립니다. 대단한 일을 해내셨더군요."

"대단할 것 없습니다. 모두가 국가를 위한 일이니까요."

"겸손하기까지. 역시 존경받아 마땅한 분이군요."

손님의 기분을 좋게 하는 것 역시 기사의 일 중 하나다.

하지만 잠시 후 은우는 그의 말이 자신의 기분을 좋게 해주기 위한 것이 아니었음을 눈치챘다.

"잠깐, 우리가 가야 할 길은 이곳이 아닌 것 같습니다만?"

"당연히 아니지요. 우리가 함께 가야 할 곳은 이승이 아닙니다."

이윽고 리무진이 무서운 기세로 속도를 올리기 시작한다.

부아아아앙!

속도는 계속해서 올라가고, 운전기사는 급기야 눈을 질끈

감아버렸다.

"이렇게 죽으면 큰돈을 준다고 했습니까?"

"저승길이 외롭지 않아서 다행입니다."

죽기로 작정한 사람은 역시 흔들림이 없다.

은우의 회유에도 그는 여전히 핸들을 돌릴 기미를 보이지 않는다.

그러다 잠시 후 은우를 싣고 달리던 리무진의 옆구리로 공사장 전용 지게차가 때맞춰 달려온다.

"…철저하게 준비했군."

이 타이밍이라면 십중팔구 지게차의 리프팅 렉 부분이 유리창을 뚫고 들어올 것이다.

지금 핸들을 꺾으면 최소한 교통사고가 나는 불상사는 막을 수 있을지도 모른다.

재빨리 자리에서 일어나 운전기사 대신 핸들을 잡으려던 은우는 생각보다 일이 커졌다는 것을 깨달았다.

지게차가 달려오는 동시에 15톤 트럭이 도로를 역주행하여 은우를 덮쳐오고 있었던 것이다.

끼이이익!

은우는 정면으로 돌진해 오는 트럭을 보며 욕지거리를 내뱉었다.

"이런 빌어먹을!"

쾅!

"커헉!"

순식간에 자동차 안이 충격으로 인하여 진공상태가 되었고, 은우의 몸은 무중력 상태로 떠올랐다.

그리고 그 옆으로 지게차의 거대한 발톱이 날아온다.

퍼억!

정확히 몸통으로 날아온 충격으로 인하여 은우의 육신이 유리창을 뚫고 튕겨져 나갔다.

쨍그랑!

이윽고 그의 몸은 가로수를 세 개나 들이받으며 만신창이가 되어갔다.

은우가 타고 온 자동차는 형체를 알아볼 수 없을 정도로 찌그러져 있고, 그 안에서는 붉은 선혈이 흘러나왔다.

*　　　*　　　*

은우를 축하하기 위한 자리, 주인공이 나타나지 않아 식을 진행하지 못하고 있다.

내빈들은 점점 웅성거리기 시작했고, 김형우는 뭔가 일이 잘못되어 가고 있다는 것을 직감했다.

잠시 후, 그의 불안은 사실로 다가왔다.

쾅!

삼성동 호텔 연회장 문이 벌컥 열리며 비서실 직원이 득달같이 달려와 고개를 숙인다.

"실장님, 큰일 났습니다!"

“무슨 일인가?”

“지금 박사님께서 사고를 당하셨다고 합니다!”

“사고?!”

얼굴이 와락 일그러진 김형우가 무작정 호텔을 나서며 자초
지종을 물었다.

“도대체 어쩌다 변을 당하셨단 말인가?”

“이곳으로 오시던 도중, 공사 장비 두 대와 충돌하여 리무진
이 형태를 알아보지 못할 정도로 찌그러졌다고 합니다.”

“혀, 형태를 알아볼 수 없다?!”

“아무튼 사건 현장으로 지금 빨리 가야 합니다.”

바삐 연회장을 나서던 그에게 강주원이 다가와 물었다.

“무슨 일입니까?”

그를 바라보는 김형우의 표정이 썩 좋지 않다.

“…강은우 박사가 교통사고를 당했다고 합니다.”

그러자 그는 안타까운 표정을 짓는다.

“어이쿠, 그것참 큰일이군요.”

전혀 감정이 없는 듯한 그의 표정. 김형우는 이 사건이 회장
부자와 관련이 있다는 것을 직감했다.

하지만 그런 감정을 무작정 드러내지는 않는다.

“아무쪼록 회장님께는 말씀을 잘 드려주십시오.”

“그렇게 하지요.”

이윽고 김형우는 연회장을 빠져나갔다.

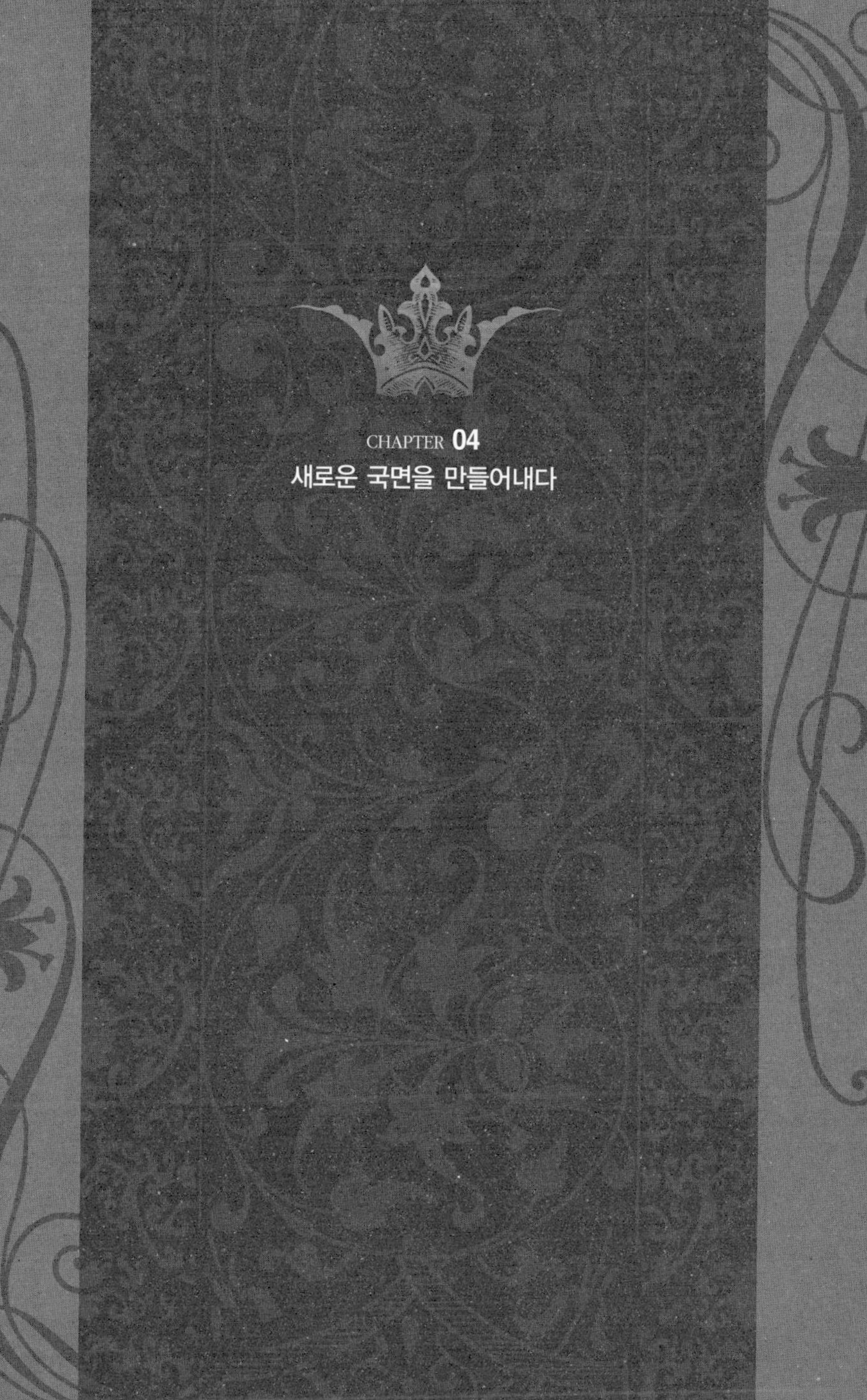
CHAPTER 04
새로운 국면을 만들어내다

처참한 교통사고의 현장. 박정식 팀장은 형체를 알아볼 수 없을 정도로 일그러진 시체를 보며 눈살을 찌푸렸다.

"내 평생 이런 광경은 또 처음이군."

강력반 생활만 10년이 넘어가는 박정식 역시 자동차 추돌 후 압사당한 시신을 보는 것이 썩 유쾌하지는 않은 듯했다.

이윽고 그의 곁으로 팀원들이 하나둘 도착하기 시작했다.

"이 밤에 교통사고라니, 뭔가 좀 이상하지 않습니까?"

부하의 의견을 들은 박정식이 수첩을 든 여경에게 물었다.

"감식반에서는 뭐라고 하던가?"

"아시는 바와 같이 사인은 교통사고로 인한 압사입니다. 마치 토마토 터지듯 꽉!"

그녀의 거침없는 비유에 팀원들은 오만상을 찌푸린다.

"…하여간 사고사가 확실하다는 거지?"

"감식반의 말만 듣자면 그렇고, 교통계의 말을 들으면 또 그렇지도 않은 것 같습니다."

"교통계?"

"그 시간, 근방에서 공사를 진행 중이던 현장은 없었다고 합니다. 게다가 저런 중장비들은 굳이 도로 위를 직접 달리지 않습니다. 대부분 대형트럭으로 탁송을 하지요."

움직이는 시간 자체가 돈이 되는 중장비들은 상당히 고가로 렌탈 시간에 비례에서 돈을 받는다.

그런 중장비들을 대로변에서 굴릴 가능성은 거의 제로에 가까운 것이 사실이다.

"장비의 소유주는 뭐라고 하던가?"

"그게… 장비의 소유주를 찾기가 참 애매합니다. 거기다 장비를 직접 운전했던 사람도 찾을 수 없고요."

박정식은 이 사건이 단순 사고가 아니라는 것을 직감한다.

"지금부터 이 주변을 샅샅이 뒤진다. 주변에 목격자가 있는지 알아보고 CCTV 화면을 모조리 돌려본다."

"예, 알겠습니다."

"그리고 임경희."

"네."

"너는 지금부터 중장비의 출처를 알아낸다."

"글쎄, 주인이 없었다니까요?"

"그러니까 찾으라는 것 아니야? 되든 안 되든 무조건 찾아
낸다."

임경희는 박정식의 명령에 입을 삐쭉 내민다.

"하여간 나한테만 이런 잡일을 시킨다니까!"

박정식은 그녀의 반응을 깡그리 무시한 채 계속 명령을 하
달한다.

"이번 사건은 우리 강력 2팀이 해결한다. 요즘 계속 실적 부
진으로 모가지가 왔다 갔다 하는 건 잘 알고 있겠지?"

"예, 팀장님."

"잘하자. 알겠나?"

"예, 알겠습니다!"

이윽고 강남서 강력 2팀이 본격적으로 수사를 시작했다.

＊　　　＊　　　＊

단순 사고로 판명했던 감식반의 의견을 단박에 뒤집은 박정
식으로 인하여 수사가 진행되는 동안, 국가정보원은 다른 각
도에서 수사를 펼치고 있었다.

국정원 소속 국내 특작부 수사 1팀은 은우의 행방에 초점을
맞추는 중이다.

"사고는 발생했지만 강은우 박사는 찾을 수 없었다?"

"유리창이 깨진 각도로 볼 때 사고가 나면서 그가 밖으로 튕
겨져 나간 것으로 보입니다."

“흐음……."

지식경제부 장관의 요청으로 없어진 강은우를 찾아내라는 명령을 받은 수사 1팀장 이성진은 난감한 표정을 지었다.

“그가 살아 있을 가능성은 얼마나 되는가?"

“현실적으로 보면 제로에 가깝습니다. 그저 미국을 비롯한 3개국에서 촉각을 곤두세우는 바람에 액션이라도 취하는 것 같습니다. 사실 지식경제부에서도 그가 살아 있다는 생각은 버리지 않았겠습니까?"

“일단 그를 찾는 데 집중하도록 하지. 안 되면 시신이라도 찾아서 데리고 온다."

“예, 알겠습니다."

이윽고 자리에서 일어난 두 부하를 제외한 나머지 부하들에게 이성진이 물었다.

“경찰 측 반응은 어떤가?"

“강남서 강력 2팀이 수사를 진행 중이라고 합니다. 아무래도 수상한 점이 많으니까요. 증거를 찾으려고 혈안이 되어 있을 테니 우리에게는 오히려 이득입니다."

“잘되었군. 어차피 우리는 범인을 잡는 것이 목적이 아니니 그쪽은 더 이상 관여하지 말도록."

“예, 알겠습니다."

“사고 이후 화진그룹은 어떻게 행동하고 있나?"

“슬슬 장례식을 준비하는 듯합니다."

이성진은 고개를 가로저었다.

"소문이 이 지경까지 퍼졌는데 끝까지 장례식을 치르겠다
는 건가?"
"그룹의 입장으로서는 어쩔 수 없지 않겠습니까? 아들이 하
나뿐이니까 말입니다."
"후계 구도가 어떻게 변할지 의문이군."
잠시 생각에 잠겼던 이성진이 자리에서 일어났다.
"모두 나가서 강은우의 행방을 쫓는다."
"예, 알겠습니다."

＊　　　＊　　　＊

은우가 없어진 바로 그 시각, 미 국가 정보원 소속 데이비드
브라운은 자신의 눈앞에서 벌어진 사고 현장을 목격하고는 한
국에 들어와 있는 모든 정보력을 동원하여 지원을 청했다.
그로 인하여 CIA 한국 담당 요원 20명이 급파되었지만 결국
은우를 찾을 수는 없었다.
"강은우 박사가 이 지점에서 사라진 것이 확실한가?"
데이비드에게 한국지부장 존 스미스가 물었다.
그러자 데이비드는 크게 고개를 끄덕였다.
"물론입니다. 제 두 눈으로 똑똑히 보았습니다. 사고나 났
고, 분명 강은우 박사가 창문을 뚫고 나왔습니다."
"한데 죽었는지 살았는지 알 길이 없다?"
"믿을 수는 없지만 사실입니다."

"허참, 강은우 박사가 무슨 외계인이라도 된단 말인가? 자동차에 깔려 죽었든 유리창을 뚫고 나와 죽었든 간에 분명 시신은 있을 것이 아닌가?"

"그러니까 미스터리라는 겁니다."

"아무튼 그 어떤 기관보다 우리가 먼저 강은우 박사의 신병을 확보해야 한다. 알겠나?"

"예, 알겠습니다."

부하들을 모두 현장에서 떠나보낸 존 스미스가 다시 한 번 은우가 떨어져 뒹굴었다는 자리를 훑어본다.

나무에 작은 상처들이 가득하지만, 결정적으로 혈흔이 남아 있지 않다.

아무리 튼튼한 신체를 가지고 있다고 해도 어떻게 그 큰 사고에서 피 한 방울 흘리지 않을 수 있단 말인가?

"도대체 이게 무슨 조화야?"

온통 미스터리뿐인 현장을 계속해서 둘러보던 존은 길가에 뭔가 특별한 물건이 하나 떨어져 있는 것을 알 수 있었다.

갈색 소가죽으로 된 지갑이다.

도로 한복판에 지갑이 아무렇게나 뒹굴 확률은 거의 없다고 봐야 한다.

만약 남아 있다고 해도 차가 밟고 지나다녀서 형체를 알아볼 수 없을 것이고, 어지간한 사람이 아니면 도로에 지갑을 떨어뜨릴 수 없기 때문이다.

존은 재빨리 자동차들이 더 밟고 지나가기 전에 지갑을 낚

아챘다.

안을 뒤져보니 은우의 신분증이 들어 있고, 그가 사용하는 신용카드가 안쪽에 자리하고 있다.

딱!

"빙고!"

손가락을 한 번 튕긴 존은 황급히 사건 현장을 빠져나갔다.

*　　　*　　　*

비통한 곡소리가 울려 퍼지고 있는 화진그룹 회장 집무실. 아까부터 눈물바람인 장영주에게 박정식이 물었다.

"침통한 심경을 모르는 것은 아닙니다만, 수사에 좀 더 적극적으로 협조해 주셨으면 합니다."

"…예, 죄송합니다."

하나뿐인 아들을 잃었다는 슬픔을 모르는 것이 아니기에 박정식은 그녀를 대하는 것에 있어 상당히 조심스럽게 행동한다.

"아드님이 사건 현장으로 향한 시각은 대충 몇 시 정도나 되었습니까?"

"집에서 저녁 여섯 시쯤 나갔으니까 여섯 시 반이나 일곱 시 정도 되지 않았을까요?"

"흐음, 집에서 가족들과 식사를 하지 않은 채 식장으로 향한 길이었던 모양입니다."

　장영주는 그의 물음에 다시 눈물을 쏟아낸다.

　"태어나 처음으로 리무진을 탄다고 좋아했어요. 아버지가 특별히 주인공을 위해 신경 쓴 거라고 어찌나 자랑을 하던지……."

　박정식은 그녀의 눈물에 어찌할 바를 모르고 엉덩이를 들었다 놓았다 한다.

　"험험! 그, 그랬군요."

　그렇게 잠시 눈물을 훔치던 그녀가 박정식에게 물었다.

　"한데 우리 은우는 지금 어디에 있을까요?"

　"저희도 그것에 대해 집중 수사를 펼치고 있는 중입니다만, 도저히 행적을 찾을 수가 없습니다."

　그의 대답에 그녀가 깊은 한숨을 내쉰다.

　"휴우, 그런가요?"

　"아무튼 너무 심려치 마십시오. 강은우 박사가 아직 사망했다는 확증은 어디에도 없습니다. 심지어는 사건 현장에 그의 혈흔조차 남아 있지 않으니까요."

　"저, 정말인가요?"

　"그렇습니다. 그러니 걱정을 줄이시고 차분히 기다려 주십시오."

　기쁨이 가득한 그녀를 뒤로한 채 박정식이 자리에서 일어나 문밖에서 기다리고 있던 강진명 회장을 불러들였다.

　"들어오시지요."

　경찰서로 출두하여 조사를 받는 것은 그의 형편상 어려운 일이었기에 박정식이 특별히 그를 찾아온 것이다.

강진명 역시 무거운 표정으로 회장실 안으로 들어섰다.

손수건으로 눈물을 닦으며 밖으로 나간 그녀를 대신해 이번에는 강진명이 박정식과 대면하게 되었다.

아까보다는 다소 날카로워진 눈의 박정식이 그를 바라보며 물었다.

"귀한 시간을 이렇게 흔쾌히 내주서서 뭐라 감사의 말씀을 드려야 할지 모르겠습니다."

강진명은 아주 크게 고개를 가로젓는다.

"그런 말씀이 어디 있습니까? 제 아들에 대한 얘기인데."

그의 대답에 박정식이 조금은 딱딱한 말투로 물었다.

"대단하시군요. 친아들도 아닌데 15년 동안 키워내시고 이렇게 진심으로 걱정하시다니 말입니다."

순간, 강진명의 동공이 사정없이 흔들린다.

"그게 무슨 말씀이십니까? 친아들이 아니라니요?"

"강은우 박사가 친아들이 아니라는 것은 이미 알고 있습니다. 그러니 저에게까지 숨기실 필요는 없습니다."

강진명은 고개를 좌우로 꺾으며 물었다.

"내 아들에 대한 뒷조사를 한 겁니까?"

"회장님 아드님을 찾자면 그를 조사하는 것이 당연하다고 생각합니다만 아닙니까? 그에 대해 뭘 제대로 알아야 찾든 말든 할 것이 아닙니까?"

다소 공격적인 그의 말투로 인하여 회장실 분위기가 순식간에 얼어붙기 시작한다.

"…그렇군요. 형사님이 은우를 찾자면 그 아이에 대한 조사를 해야겠지요."

"물론입니다. 게다가 그 주변 사람들에 대한 정보까지 덤으로 조사했습니다. 수사를 위한 첫걸음은 정보 수집이니까요."

이윽고 박정식이 최대한 목소리를 낮춰 말했다.

"얼마 전 기사에 났던 일들 말입니다. 제가 보기엔 그들의 말이 전부 거짓은 아닌 것 같습니다만, 맞습니까?"

"무슨 말을 하고 싶은 겁니까?"

"대답하기 싫으시면 안 하셔도 됩니다. 그저 궁금해서 묻는 것뿐입니다."

"…이것도 수사의 일환입니까?"

"당연하지요. 강은우 박사를 중심으로 과연 어떤 일이 있었는지 알아봐야 하니까요."

아까의 숙연하고 걱정스러웠던 표정이 조금씩 바뀌면서 강진명의 얼굴이 상당히 딱딱하고 차가워졌다.

"좋습니다. 어느 정도는 사실이니 인정하지요. 나를 조사하셨다니, 그래서 뭣 좀 알아내셨습니까?"

박정식은 탁자 위에 사건 파일을 열어 펼쳐 놓았다.

"보면 아시겠지만 강은우 박사가 타고 있던 리무진은 중장비와의 추돌 사고로 인하여 완파된 상태입니다. 물론 그 안에 타고 있던 사람은 즉사했지요. 사인은 압사입니다."

"그래서요?"

"그런데 이상한 점은 사건 현장에 강은우 박사의 시신이 존재하지 않는다는 것이지요."

"알고 있습니다."

이윽고 박정식이 낮게 깔린 음성을 낸다.

"그리고 한 가지 더 이상한 점은 사고를 낸 중장비의 운전기사들과 그 장비들의 출처를 확인할 길이 없다는 겁니다."

박정식의 말에 강진명이 고개를 갸웃거렸다.

"그것 참 이상한 일이군요. 그런데 지금 그게 중요한 것이 아닌 것 같은데요? 그래서 내 아들은 지금 어디에 있단 말입니까?"

"어디 있긴요, 이 회사에 있지요."

순간, 강진명의 이맛살이 험상궂게 찌그러진다.

"그게 무슨 말입니까?"

"정확히 30년 전, 직접 출생신고를 하시지 않았습니까? 강주원 씨 말입니다."

"……."

잠시 말문을 닫은 그에게 박정식이 다시 물었다.

"리무진은 회사에서 지원해 주었는데, 기사는 도대체 어디서 구하신 겁니까? 리무진 회사에 연락해서 그의 신원을 조회해 보았는데 한국에서는 기록을 찾을 수 없더군요."

"…지금 아버지인 내가 아들인 은우를 죽이려 했다는 겁니까?"

"수사의 원칙은 가능성이 높은 곳에 눈을 맞추는 겁니다. 강은우, 아니, 이은우 박사의 아버지 이성화 박사에 대한 사건도 지금과 아주 비슷했지요. 그래서 저는 두 사람을 죽일 수 있는 가장 가까운 사람들부터 조사하려는 겁니다. 딱히 회장님이 범인이라는 말은 한 적은 없으니 너무 기분 나빠하지 마십시오.”

“…….”

이윽고 박정식이 다시 물었다.

“리무진 회사와 연락한 것이 강주원 재무이사가 맞지요? 죄송합니다만, 그분 역시 제가 직접 만나서 얘기를 들어보고 싶습니다. 괜찮으시겠습니까?”

아무렇지 않은 듯 얘기를 이끌어 나가고 있지만, 강진명은 철저한 자료를 가지고 덤벼드는 박정식이 썩 달갑지 않은 듯하다.

공권력 앞에서는 천하의 강진명이라도 어쩔 수 없는 모양이다.

“알겠습니다. 그렇게 하시죠.”

“이런 세세한 부분까지 협조해 주시다니 뭐라 감사의 말씀을 드려야 할지 모르겠군요.”

“…아무쪼록 우리 은우를 잘 좀 부탁드립니다.”

이윽고 의미심장한 미소를 지은 박정식이 회장실을 빠져나갔다.

＊　　＊　　＊

미국 국가정보원과 같이 러시아도 활발한 움직임을 보이고 있었다.

지금 은우가 봉변을 당한 판에 누구라도 그를 먼저 찾아서 데리고 가는 쪽이 이기는 게임이기 때문이다.

마엘조 그룹을 넘겨준다는 로비를 해놓은 상태이지만 그가 정식으로 주식을 인수한 것은 아니기 때문에 그를 러시아 정보부의 편으로 만들었다는 것은 기정사실이 아니었다.

하여 사샤는 은우가 없어진 시점부터 차근차근 수사를 시작했다.

은우가 사라진 시간은 저녁 7시 경, 그 시간에 도로를 맨발로 달려 없어졌다면 분명 CCTV에 모습이 남아 있을 것이다.

그는 마엘조 그룹에서 데리고 온 트레커로 하여금 한국도로공사를 해킹하도록 지시했다.

다른 공사 기관에 비해 해킹을 시도할 경로가 많은 도로공사에 잠입한 트레커는 작업 시작 삼십분 만에 CCTV 전산에 도달할 수 있었다.

제한적인 접근이기는 하지만 폐쇄회로 화면을 빼내는 것은 그리 어려운 일이 아니다.

사샤는 그가 제공한 화면들을 동시에 돌려보며 뭔가 특이한 사항이 있는지 알아보았다.

약 50대의 카메라를 천천히 돌려보던 그의 눈에 흐릿하게나마 도로 위 한복판을 질주하는 청년이 눈에 들어온다.

얼굴을 확인할 길은 없지만 입은 옷 꼴이 말이 아닌 상태이다.

저 시간에 도로 한복판을 미친 듯이 달리는 사람은 세상에 존재하지 않을 것이다.

"여기 있었군."

기쁜 마음에 CCTV가 찍힌 장소를 확인하던 그의 얼굴이 와락 일그러진다.

화면 속 은우는 누군가에게 쫓기고 있었던 것이다.

그를 찾았다는 안도감이 찾아오기도 전 그는 자리를 박차고 일어났다.

그리고 그는 즉시 부하들을 소집했다.

"원효대교를 따라 강은우 박사가 이동했다."

"한강 인근에 있는 다리를 말씀하시는 겁니까?"

"그렇다. 한데 그가 누군가에게 추격당하고 있더군."

"추격이요? 누구에게 말입니까?"

"지금부터 우리가 그걸 알아낸다. 그리하여 강은우 박사의 신변을 가장 먼저 확보하는 거다. 알겠나?"

"예, 알겠습니다."

은우 한 명을 찾기 위한 노력은 국가를 가리지 않고 일어나는 중이다.

＊　　＊　　＊

신문사에서 터뜨린 기사 때문에 강진명은 지금 상당히 곤란한 지경에 이르게 되었다.

경영권을 지키기 위해 어쩔 수 없이 은우를 제거했지만, 그 결정은 절친했던 친구를 죽이고 그 아들까지 죽였다는 의혹을 불러일으키고 있었던 것이다.

지금 이 상황이라면 강주원을 회장으로 끌어올리는 것은 불가능에 가까워 보인다.

어째서 신문사에서 이런 고급 정보를 사들였는지 골머리가 다 아플 지경이다.

그러던 가운데 강주원마저 경찰에 엮이게 생겼으니 그의 스트레스가 이만저만이 아니다.

강진명이 스트레스로 고생하고 있는 동안, 강주원은 회사 내부에서가 아닌 경찰서에서 정식으로 조사를 받고 있었다.

교통사고가 일어나게 된 원인인 리무진을 대여한 것이 바로 강주원이었기 때문이다.

"리무진을 대여하던 당시 운전기사는 당신이 직접 지목했습니까?"

강주원은 고개를 저었다.

"아닙니다. 운전기사까지 신경 쓰기엔 너무 바빠서 그럴 경황이 없었습니다."

"그렇다면 이 정체도 모르는 사람이 도대체 어디에서 불쑥 튀어나온 걸까요?"

박정식의 유도심문에 강주원은 끝까지 완강한 자세를 취한다.

“그걸 알아내는 것이 경찰의 임무가 아닙니까?”

“후후, 그런가요?”

“그러라고 국가에서 월급을 주는 것이겠죠.”

잠시 그를 바라보고 앉아 있던 박정식이 다시 물었다.

“좋습니다. 그럼 끝으로 한 가지만 더 묻도록 하지요.”

“그러십시오.”

“강진명 회장이 당신의 아버지라는 사실을 숨겨오면서 강은우에 대한 불만은 없었습니까?”

순간, 강주원의 얼굴이 처참하게 일그러진다.

“뭘 알고 싶은 겁니까?”

“다소 복잡한 주변 관계를 조금 정리해야 조사를 하는 입장에서 편할 것 같아서 말입니다. 듣자하니 강은우 박사를 차기 회장으로 올리는 데 상당한 공을 들이고 있다고 들었습니다. 그건 호적상으로나마 형제인 강은우 박사를 지지한다는 뜻입니까?”

“굉장히 불쾌하군요. 수사에 전혀 필요 없는 질문에 제가 일일이 답변을 해야 합니까?”

“물론 싫으면 하지 않으셔도 됩니다. 한국은 엄연히 묵비권이라는 권리가 있는 나라니까요.”

“그럼 그 묵비권을 지금 행사하도록 하지요.”

“알겠습니다. 하지만 묵비권은 진술이 불리한 쪽으로 풀리는 것에 가장 큰 영향을 미치지요.”

“…지금 남의 가문 비사를 평계로 협박을 하시는 겁니까?!”

"에이, 협박이라니요. 말이 너무 심하시군요. 그저 강은우 박사가 살해당한 것이라면 그것을 조장한 사람이 분명 있을 거라는 생각이 들어서 그런 겁니다."

"지레짐작으로 사람을 괴롭히면 어떤 결과가 일어날지는 그쪽이 가장 잘 알 것 아닙니까? 그러니 괜히 사람 심기를 불편하게 하는 일이 없었으면 좋겠군요."

"지레짐작이라니 이래 봬도 증거를 수사의 시작이자 전부라고 생각하는 사람입니다. 증거가 없는 억측 수사는 제 인생 신념에 어긋나는 일이죠."

"그래서 지금 당신은 나를 용의자라고 생각하고 있는 겁니까?"

"가능성이 있는 한 그렇게 되겠지요."

"생각보다 훨씬 더 무례한 사람이군요."

"경찰서에서 무례라는 단어는 사용하기 적합하지 않습니다. 이곳은 죄를 지어서 오는 곳이지 개개인의 기분을 어필하러 오는 곳이 아니거든요."

강주원은 확신에 찬 박정식을 바라보며 물었다.

"좋습니다. 그럼 저도 한 가지만 묻겠습니다. 어째서 내가 용의선상에 오를 수 있다고 보시는 겁니까?"

"글쎄요, 형사의 감이라고나 할까요?"

"아까는 증거가 수사의 시작이자 끝이라고 하지 않았습니까?"

"세상이 어디 단면적인 것만으로 돌아가는 겁니까? 약간의 감도 필요하지요.”

어처구니없다는 표정을 짓는 강주원에게 박정식이 나지막하게 말했다.

“너무 억울해하지 마십시오. 조만간 그 두 놈을 잡아 데리고 오면 모든 것이 밝혀질 테니까요.”

세상에 완벽한 비밀은 없는 법, 강주원의 얼굴에 긴장감이 서리는 듯하다.

＊　　＊　　＊

은우가 없어진 지 벌써 사흘째. 이제 슬슬 그의 장례식이 진행된다.

다만 아직까지 시신을 찾지 못해 정식으로 절차를 밟지 못하고 있을 뿐이다.

교통사고로 인하여 사라져 버린 은우로 인하여 가장 큰 충격을 받은 사람은 아마도 하나일 것이다.

그녀는 지금까지 은우를 유일한 친구로 생각하며 대학원 생활을 꿋꿋이 헤쳐 나가고 있었다.

앞으로 함께 회사를 꾸려 나가자면 박사 학위가 꼭 필요하기 때문이다.

그러나 지금은 하루에도 몇 번씩 눈물이 왈칵 쏟아질 것 같아 공부가 손이 잡히질 않는다.

좀 더 깊은 학문을 배우기 위해 선택한 대학원 진학에 의미가 없어진 그녀는 하루 종일 그저 창밖을 바라보며 지낸다.

태어나 처음으로 자신을 친구로 인정해 준 사람이 없다고 생각하니 밥도 넘어가지 않는다.

도서관 창틀에 걸터앉은 그녀가 슬슬 여름을 몰고 오는 비를 하염없이 바라보고 있다.

쏴아아아!

꽤나 길고 굵은 빗물이 유리창을 타고 흐르는 동시에 그녀의 눈에도 눈물이 흘러내린다.

"…도대체 어디로 간 거야?"

은우가 차린 회사에 들어와 함께 연구를 해보자는 그의 제안이 이제는 거짓말이었던 것만 같다.

눈물을 닦고 창가에 머리를 기대고 있던 그녀는 살며시 눈을 감았다.

그러자 차가운 창가의 냉기가 그녀의 볼에 스며든다.

이렇게 창가의 촉감이 느껴지니 조금은 슬픔이 가시는 것 같다.

하지만 잠시 후 차가운 창가의 촉감 대신 단단하고 따뜻한 남자의 살결이 느껴진다.

화들짝 놀라 눈을 뜬 그녀의 옆에 아주 익숙하고 그리운 얼굴이 앉아 있다.

"비 오는 날 혼자 울고 있으면 딱 실연당한 사람 같잖아?"

순간, 그녀의 보라색 눈동자가 서서히 커지기 시작한다.

"으, 은우?"

슬그머니 미소를 지은 은우가 그녀를 나무라듯 말했다.

"혼자서 무슨 청승이야? 누가 보면 세상 다 산 줄 알겠어."

이윽고 그녀는 아무런 말 없이 은우의 손을 꼭 잡았다.

그녀는 그의 손을 잡은 채 아무런 말을 하지 않는다.

은우는 그런 그녀를 그저 바라만 볼 뿐이다.

그런 그녀에게 은우가 슬쩍 말을 걸었다.

"왜 아무런 말이 없어? 내가 별로 반갑지 않은 모양이지?"

그녀는 살며시 고개를 젓는다.

"그럼 왜 아무런 말이 없어?"

그의 질문에 그녀가 아주 작은 목소리로 답했다.

"…어차피 넌 내가 어떻게 하든 또 어디론가 가버릴 거잖아."

"뭐? 그런 억측이 어디 있어?"

그녀는 고개를 저었다.

"아니. 넌 반드시 또 나를 떠날 거야. 다른 사람들이 그랬던 것처럼 말이야."

알비노 환자로서의 고충이 아직도 그녀의 마음속에 커다란 상처로 남아 있는 모양이다.

은우는 그런 그녀의 마음을 어느 정도는 이해할 것 같은 느낌이 든다.

"미안해."

이번에도 그녀는 아무런 말이 없다.

은우는 이런 그녀에게 가식적인 말은 하지 않기로 한다.

"친구란 말이야, 항상 좋은 일만 함께할 수 없어. 때론 싸우기도, 때론 떨어지기도 하지. 그러면서 서로의 존재를 확인하고 친구의 가치를 알아가는 거야. 만약 누나가 나를 진짜 친구로 생각한다면 나의 이런 면까지 이해해 줬으면 좋겠어."

"…친구?"

"잊었어? 누나가 나에게 먼저 말을 걸었을 때, 난 이미 우리가 친구가 될 거라고 생각했어. 태어나서 처음으로 만드는 친구 말이야. 게다가 지금은 함께 사업을 이끌어 나갈 파트너지."

은우 역시 누군가를 진심으로 사귀는 경우가 처음이지만 단어보다는 그 의미를 부각시킨다.

"우린 친구야. 그러니까 내가 죽어도 절대로 누나를 등지는 일은 없어. 멀어져도 친구는 친구니까."

아마도 그녀는 은우의 이런 마음을 확인하고 싶었던 모양이다.

환하게 미소를 지은 그녀가 평소처럼 은우에게 다가섰다.

"정말이지? 약속할 수 있어?"

은우의 눈에 그녀의 보라색 눈동자가 비친다.

역시 그녀 역시 여자, 아무런 말 없이 불쑥 사라졌다 나타나는 것은 그녀를 울리는 짓인 것 같다.

만약 자신이 지켜주어야 할 단 한 사람이 있다면 아마도 그녀를 선택할 것이라는 생각이 들었다.

그녀의 물음에 은우가 흔쾌히 고개를 끄덕였다.

"당연하지."

하나는 그의 마음을 확인하고 난 후 아무런 말 없이 은우의 손을 꼭 잡을 뿐이다.

＊　　　＊　　　＊

뜻밖의 사고를 당했지만 은우의 몸에 이상이 생기는 불상사는 일어나지 않았다.

다행히도 내공으로 몸을 보호하고 있던 터라, 자신의 몸 하나는 상하지 않을 수 있었던 것이다.

하지만 창밖으로 튕겨져 나가는 바람에 운전대를 잡고 있던 그 청년은 살릴 수 없었다.

가로수를 들이받고 이리저리 뒹구는 가운데도 은우는 이런 극악무도한 짓을 저지른 강진명 부자를 생각하며 이를 갈았다.

그러나 청년의 희생으로 강진명은 절체절명의 위기에 놓이고 말았다.

은우의 제보로 인하여 강진명을 향한 의혹들이 서서히 짙어지는 상황이었고, 그것은 경찰력을 움직이는 계기를 만들어냈다.

더군다나 평소에 강진명에 대한 의구심을 품고 있던 박정식이 시기적절하게 나서주는 바람에 그는 인생 최대의 위기를 맞았다.

아무리 철저하게 일을 준비한다고 해도 빈틈이 있게 마련이고, 살인 교사와 같은 범죄는 증거 인멸이 상당히 어렵기 때문에 한번 수사의 표적이 되면 좀처럼 수사망에서 빠져나오기 힘들다.

게다가 강주원은 일을 확실히 처리하기 위한 방비를 했다가 오히려 자신을 궁지로 모는 꼴이 되었다.

사고가 나던 날 은우가 창밖으로 튕겨져 나갔고, 그 뒤를 중장비 운전기사들이 따라나섰다.

온몸에 문신이 하고 얼굴색이 한국인과는 확연히 다른 사람들이었다.

일단 그들을 잡아다 족칠 요량으로 은우는 일부러 원효대교를 가로질러 최대한 멀리 도망갔던 것이다.

그리고 CCTV의 사각지대에 도달하자마자 그들을 제압하여 포박해 버렸다.

손발이 꽁꽁 묶인 괴한들이 공포에 질린 눈으로 은우를 바라본다.

"사, 살려만 주십시오!"

"내가 너희를 왜 죽일 거라고 생각하지?"

"그, 그건……."

"잘못을 했으면 벌을 받아야 하니까 그런 것이겠지?"

이미 얼굴 반쪽이 시퍼렇게 멍든 괴한들은 은우가 손을 올리는 것만으로도 오줌을 지릴 정도로 겁에 질린 상태다.

힘으로는 도저히 상대가 안 될 지경이고, 태어나 처음으로 목숨의 위협을 받은 그들로서는 어쩔 도리가 없을 것이다.

"좋다, 지금부터 내가 하는 말을 잘 듣고 그대로 따라만 한다면 절대로 너희가 다치는 일 따위는 없을 것이다."

잠시 후, 은우의 말을 들은 괴한들이 소스라치게 놀라 반문한다.

"하, 하지만 그랬다간 저희는……."

"이대로 죽는 것도 나쁘지 않겠다고 생각하면 마음대로 해도 좋다. 하지만……."

이윽고 은우의 손에서 인간이 감당할 수 없는 냉기가 뿜어져 나온다.

"이번에는 거시기가 동상으로 썩어 나가면 어떤 기분인지 느끼게 될 거다."

꿀꺽!

인간이기를 포기한 은우의 처사를 누구보다 잘 알고 있는 두 사람은 하는 수 없이 그의 말에 따르기로 했다.

CHAPTER **05**

자폭은 자폭을 낳는다

은우의 실종 일주일째.

오리무중이던 은우의 행보가 조금씩 그 모습을 드러내기 시작한다.

원효대교에서부터 행적이 묘연했던 은우의 거취가 대전으로 향했다는 증거를 경찰이 포착해 낸 것이다.

하지만 이미 경찰보다 먼저 미국과 러시아의 정보부 요원들이 대전으로 향한 후였다.

그리고 그 뒤를 따라 약 10분 차이로 국정원 요원들 또한 대전으로 향했다.

대전 유성구 도룡동 일대로 향했을 것이라는 전제하에 동네방네 샅샅이 뒤지고 있지만 여전히 그의 행방은 오리무중이다.

CIA 한국지부장 존은 은우의 행방을 쫓는 중 자신들과 비슷한 목적을 가진 이들이 이곳에 왔다는 사실을 알아챘다.

요원들이 배우는 행동강령은 나라마다 차이가 있지만, 궁극적으로는 어떻게 첩보를 완수하느냐를 결정하는 요인이다.

평생 정보국에 몸담고 있는 그는 자신과 비슷한 부류의 사람을 보면 그 행동 하나하나에서 단서를 찾아내고는 한다.

유성구와 서구의 경계에 위치한 월평동 하상도로를 걷고 있던 그는 귀에 이어폰을 꽂은 채 조깅을 하고 있는 한 여성을 발견했다.

검은색 머리에 검은색 눈동자를 가지고 있지만 그녀의 골격은 동양인에서는 찾아보기 힘들 정도로 육감적이다.

게다가 일정한 보폭과 지면을 최대한 이용할 줄 아는 주법은 아마추어라고 보기 힘들 정도다.

존은 그녀가 러시아에서 파견된 요원이라고 확신했다.

이윽고 그는 자신이 들고 있던 텀블러 아래에 숨겨두었던 도청장치를 일정 간격으로 두드리기 시작한다.

툭툭, 툭툭툭.

해군에서 신호 대용으로 사용하는 모스 부호다.

그의 신호에 반응한 부하들이 서서히 모습을 드러낸다.

하지만 그에 따라 러시아 정보국 요원들은 역으로 모습을 감추기 시작한다.

하상도로 위를 달리던 그녀가 갑자기 유등천에서 갑천으로 이어지는 개울가를 종횡무진 뛰어 반대편 4차선 도로로 향한다.

“잡아!”

부하들에게 무전을 보내며 무작정 그녀를 향해 달리던 존은 검은색 밴이 미끄러지듯 달려와 그녀를 픽업하는 모습을 볼 수 있었다.

아주 간발의 차이로 그녀를 놓치기는 했지만, 그는 이 작전을 주도하는 사람의 얼굴을 볼 수 있었다.

“사샤!”

둘의 인연은 10년 전부터 시작되어 지금은 꽤나 큰 악연으로 발전해 있는 상태이다.

주먹을 꽉 말아 쥔 그는 다시 부하들을 재정비하여 러시아보다 먼저 은우를 찾을 계획을 세웠다.

*　　*　　*

멀리서 유등천 하상도로를 지켜보고 있던 은우는 러시아와 미국이 벌써 이곳에 도착했다는 것을 알 수 있었다.

“곧 재미있는 일이 벌어지겠군.”

정보와 판단력으로는 가히 상상을 초월할 정도의 프로들이 격돌하게 되면 이곳은 첩보전의 장이 될 것이다.

그로 인하여 은우가 얻게 될 것도 많을 테니 기대가 크다.

하지만 진짜 재미있는 사건은 지금부터 일어날 것이다.

*　　*　　*

강남서 강력 2팀이 대전으로 향하는 날, 은우를 덮쳤던 괴한들이 스스로 경찰서를 찾았다.

박정식은 은우를 시해했다는 죄목으로 자수한다는 이들을 보며 고개를 갸웃거린다.

"어째서 너희가 일부러 이렇게 자수를 한다는 거지?"

"…양심의 가책을 느꼈다고 하면 믿겠습니까?"

"양심의 가책을 느꼈다? 이유는 그것뿐인가?"

"겨우 돈 몇 푼 벌자고 사람을 둘씩이나 죽일 수는 없으니까요. 진짜 이유는 그겁니다."

"사람을 둘씩이나 죽여?"

"강은우 박사와 그를 행사장으로 데리고 가던 청년 말입니다."

"어쩐지 작물을 주면서 일부러 들이받으라고 했을 때부터 알아봤어야 했는데."

지게차와 화물차가 작물이라는 것은 경찰밖에 모르는 기밀이다.

그런 사항까지 자세히 알고 있다니 박정식의 눈이 반짝거린다.

"좀 더 자세히 말해보지."

그의 물음에 두 사람은 자신들이 아는 한에서 최대한 자세히 진술을 하기 시작한다.

그런 그들의 진술이 계속될수록 박정식의 눈이 점점 날카로워진다.

＊　　　＊　　　＊

평상복 차림의 CIA요원들이 갑천변에 도착했을 때, 반대편에서는 강주원이 보낸 청부업자들이 은우를 찾고 있었다.

"아주 꽁꽁 숨었군그래. 도대체 이 새끼는 몸이 몇 개야?"

분명 강주원이 그를 확인 사살하라고 청부했을 때만 해도 그들의 카메라에 은우의 신형이 찍혀 있었다.

그리고 중장비에서 내린 괴한들이 CCTV를 피해서 은우를 쫓았다.

하지만 약 5분 후 세 명 모두 사건 현장 근방 10km 안에서는 행적을 찾을 수 없었다.

그들 역시 갑천 엑스포 과학공원 근방을 서성이며 지나는 사람들의 얼굴을 살피기 시작한다.

그러다 잠시 후, 발에 통 깁스를 한 은우가 모습을 드러낸다.

순간 눈이 휘둥그레진 청부업자들이 은우를 향해 몸을 날린다.

"잡아!"

그의 목에 걸린 현상금이 자그만 치 15억. 그를 잡기 위해 사력을 다한다.

하지만 두꺼운 깁스를 한 사람이 어찌나 빠른지 절뚝거리면서도 달리는 속도는 거의 육상선수 수준이다.

저녁 시간이라 운동을 하는 사람들이나 밤 소풍을 나온 가족들이 줄을 지어 우레탄 트랙을 걷거나 달리고 있다.

그런 인파 사이를 종횡무진 달리는 은우를 잡기란 그리 쉬운 일이 아니었다.

"헉헉! 무슨 환자가 저렇게 빨라?!"

분명 차 밖으로 튕겨 나가 지금쯤이면 죽거나 불구가 되어 있어야 한다.

하지만 어찌 된 영문인지 달리기라면 일가견이 있는 그들임에도 불구하고 전혀 따라잡지 못하고 있다.

이렇게 된다면 방법은 한 가지뿐이다.

얼굴에 복면을 뒤집어쓴 그들이 소음기가 달린 권총을 꺼내 들었다.

"어서 해치우고 도망가자고!"

어차피 이번 일이 끝나면 한 2년 동안 동남아로 피신할 예정이다.

인생 역전을 꿈꾸는 그들의 권총이 불을 뿜기 전, 수많은 인파 속에서 불현듯 스케이트보드를 탄 사내가 달려나온다.

푸욱!

"커헉!"

우레탄 트랙의 딱딱한 부분을 이용하여 가속도를 붙인 스케이트보드가 다시 한 번 그들을 향해 머리를 돌린다.

"이, 이 새끼는 또 뭐야?!"

미처 권총을 들기도 전, 다시 한 번 칼이 날아온다.

퍽!

"쿨럭!"

정확히 명치에 칼이 날아와 박히고, 트레이닝복을 입은 여자가 그를 강변 하수도로 밀어버린다.

이제 그는 사람들에게 발견되기 전까지 저곳에서 빠져나오지 못할 것이다.

순식간에 일어난 일. 조깅을 하던 일반인들이 미처 알아채기 전에 일이 마무리되었다.

두 명 중 한 명이 목숨을 잃자, 그는 더욱더 독이 올라 그들에게서 도망치며 은우를 쫓는다.

"씨발! 이렇게 된 김에 돈이라도 챙겨야지!"

하지만 그의 바람은 이뤄지지 않는다.

이번에는 반대편에서 자전거를 타고 달려오던 남자가 실수하는 척하며 그를 덮쳐온 것이다.

끼이익!

"어어엇!"

퍼억!

"크아악!"

이번에는 날카로운 송곳이 그의 척추를 꿰뚫으며 더 이상 중심을 잡을 수 없도록 만들었다.

신속하게 그의 몸에 마취제를 주사하였고, 그의 몸이 점점 힘을 잃어갔다.

"젠장!"

두 명의 청부업자가 정리된 다음에도 갑천변의 소리 없는 첩보전은 끝날 생각을 하지 않는다.

이들을 제압한 것은 그저 목표물의 안전을 위한 것일 뿐, 본 게임이 아니었기 때문이다.

은우를 교살하려 했던 증거를 포착하기 위해 괴한들을 차에 실은 존이 무전기를 잡았다.

"전방 200m 부근에 강은우가 있다. 모든 요원은 그의 신변을 확보하는 데 전력을 기울인다."

"예, 알겠습니다!"

일반인의 달리기로는 언감생심 따라오지도 못할 정도의 속도로 달리는 스케이트보드와 자전거로 은우를 추적하기 시작한다.

하지만 잠시 후 그들의 추격은 뜻밖의 방해를 받고 만다.

위이이잉!

—거기서 스케이트보드 타시면 안 됩니다!

시민들을 위해 만든 레일에서 스케이트보드를 타지 말라니 뭔가 좀 이상한 느낌이 든다.

그들의 얼굴을 자세히 살펴본 존은 이목구비가 한국인의 것이 아니라는 것을 금세 알아챘다.

"러시아 정보국이다. 절대로 선수를 빼앗겨서는 안 된다."

도대체 어디서 경찰복과 시청 공익근무 복장을 구해왔는지 어지간한 사람들은 그들의 통제를 순순히 따를 정도이다.

하지만 스케이트보드를 탄 CIA요원은 그의 통제를 받지 않는다.

—서지 않으면 벌금이 부과됩니다! 어서 멈추세요!

심지어 경찰용 사이카까지 들어온 마당에 스케이트보드를 타지 말라니, 시민들은 슬슬 고개를 갸웃거리기 시작한다.

그러자 러시아 정보국은 초강수를 두었다.

"강은우 박사를 모셔라!"

"예!"

러시아 정보국 요원들이 방범용 방망이를 꺼내 들자 갑천변은 순식간에 아수라장이 되어버렸다.

"막아라!"

평상복을 입은 사람들과 경찰복을 입은 사람들의 육탄전이 시작되었다.

경찰들과 민간인이 싸우는 것은 시위에서나 볼 법한 일, 시민들은 멀찌감치 떨어져 몸을 사렸다.

덕분에 방해꾼이 없어진 요원들이 그동안 갈고닦았던 실전 무술을 사용했다.

퍼억!

돌려차기를 하면 유술로 반격하고, 유술을 사용하면 러시아의 삼보로 응수하는 상당히 복잡한 육탄전은 격투기 선수들이라고 봐도 무방할 정도였다.

약 20대 20의 전투가 벌어지는 가운데, 사샤가 경찰복을 벗어던지고 은우를 향해 달렸다.

“박사님, 이제 안전합니다! 저희가 모시겠습니다!”

그러나 사샤의 뒤로 존이 모습을 드러낸다.

“지금 박사님께 뭐하는 짓인가?!”

“존?! 진정 네가 이곳까지 왔단 말인가?”

“오늘이야말로 결판을 지어주마!”

퍼억!

아주 실용적이고 군더더기 없는 존의 하이킥이 사샤의 머리로 날아간다.

약 190에 달하는 거구에서 뿜어져 나오는 발차기라고는 믿어지지 않을 정도의 스피드였다.

하지만 그것을 완벽하게 가드해 낸 사샤가 곧바로 반격해 들어왔다.

“허업!”

날아온 발을 낚아챈 사샤가 존의 멱살을 잡아 우레탄 바닥을 향해 그대로 메다꽂았다.

쿠웅!

“크윽!”

그렇지만 존은 일부러 그의 공격에 몸을 노출시킨 모양이었다.

그대로 몸을 돌려 사샤의 팔을 잡아 십자꺾기에 들어갔다.

“제법이군.”

“제법이라니, 곧 팔이 부러질 놈이 말이 많구나!”

십자꺾기(암바)가 실전에서 사용되면 팔을 부러뜨리는 데 그리 오랜 시간이 걸리지 않는다.

하지만 사샤는 자신의 어깨를 일부러 탈골시켜 극적으로 공간을 만들어냈다.

뚜둑!

그리고는 곧바로 몸을 좌로 회전시켜 주먹을 날린다.

퍼억!

"커헉!"

빠르고 정확하게 들어간 펀치가 존의 안면에 적중하면서 사방으로 선혈이 튀어올랐다.

그러나 공격을 받은 존은 그것마저도 기회로 만들었다.

날아온 주먹을 다시 한 번 잡아 이번에는 트라이앵글 초크를 시도했다.

짜드드득!

"쿨럭!"

기도를 지나는 대동맥이 눌리면서 얼굴에 엄청난 압력이 들어찼다.

순식간에 얼굴이 새파래진 사샤의 눈이 서서히 충혈되기 시작한다.

피를 철철 흘리면서도 절대로 손을 놓아주지 않는 존의 얼굴에 희미한 미소가 지어졌다.

"오늘은 꼭… 죽여주겠다!"

국가를 떠나 두 사람은 상당히 깊은 원한을 가지고 있는 모양이었다. 서로를 바라보는 눈빛에 뜨거운 대항심이 담겨 있었다.

순식간에 아수라장으로 변해 버린 갑천변을 바라보며 은우
가 회심의 미소를 지었다.

＊　　＊　　＊

국정원 소속 요원들이 갑천변에 도착했을 때, 러시아와 미
국 정보국 요원들이 서로 뒤엉켜 패싸움을 방불케 하는 장면
을 연출하고 있다.

퍽퍽퍽!

"커헉!"

"죽어라!"

이제 그들의 진짜 목적이 무엇인지 모를 정도로 무참하고
처절한 싸움판이다.

이미 이곳을 지나는 행인들이 통제되었다고는 하지만 국정
원 요원들은 이 사건을 어서 빨리 수습할 필요성을 느꼈다.

은우 한 명을 두고 벌인 두 나라 간의 싸움이 자칫 정치적
문제로 번질 수도 있다는 판단을 내린 것이었다.

요원들은 소음기가 달린 권총을 꺼내어 그들이 싸우는 현장
부근을 향해 마구 난사했다.

핑핑핑핑!

평소 사격을 밥 먹듯이 하는 요원들로서는 아주 작은 소리
만으로도 이것이 총성이라는 것을 감지할 수 있었다.

그제야 서로를 향해 잡고 있던 멱살을 서서히 풀어놓기 시작했다.

국정원 요원들이 대치 중인 양국 요원들 사이로 들어와 깊은 한숨을 내쉬었다.

"지금 우리나라에서 뭐하는 짓입니까? 도심 한복판에서 이런 패싸움이나 하다간 경찰서에 끌려가기 십상입니다. 그나마 무기를 지니지 않아서 다행이지 잘못하면 군까지 개입할 뻔하지 않았습니까?"

아직도 엎치락뒤치락하며 혼신의 힘을 다하여 싸우고 있던 존과 사샤도 각자 얼굴에 흐르는 피를 닦으며 다가왔다.

"험험! 이들이 박사님을 납치하려고 하니까 어쩔 수 없이 무력행사를 한 것뿐입니다."

"뭐라?! 이런 미국 양키새끼들이!"

"말조심할 수 없나? 더러운 미개인들 같으니."

"진정 피를 봐야 정신을 차릴 모양이군!"

또다시 으르렁거리는 그들에게 은우가 다가와 말했다.

"만약 저 때문에 싸우시는 것이라면 그만 돌아가시죠. 저는 국정원 요원들과 함께 서울로 올라가겠습니다. 이미 청부업자들까지 죽은 마당에 이게 무슨 소란입니까?"

"바, 박사님!"

"분명히 말씀드렸을 텐데요. 저는 절대로 다른 나라에 기술을 넘기지 않을 겁니다."

순간, 국정원 요원들의 얼굴이 와락 일그러진다.

"그게 무슨 말입니까? 기술을 넘기다니요?"

그에 반해 러시아와 미국 측 요원들은 진땀을 흘린다.

"그, 그런 뜻이 아닙니다. 그저 기술이 완성되면 우리도 잘 봐달라는, 뭐 그런 뜻이었습니다. 다른 뜻은 없습니다."

다소 궁색한 변명에 국정원 요원들의 얼굴이 점점 더 굳어 간다.

"조약에 대한 사항은 당신들이 더 잘 알고 있지 않습니까?"

"그러니까……."

"분명 조약을 먼저 체결하겠다고 선언한 쪽은 미국과 러시아였습니다. 그래놓고 기술이 완성 단계에 이르니 이제 와서 박사님을 가로채어 가겠다?"

그야말로 일촉즉발의 순간이다.

국정원이 개입하는 바람에 미국과 러시아 요원들 간에 불화는 종식되는 듯 보이지만 그것보다 더 큰 문제가 남았다.

잘못하면 한국에 억류되어 조사를 받다 제대로 조국으로 돌아가지 못하는 상황이 벌어질 수도 있는 것이다.

존은 이 상황을 슬기롭게 타개하기 위한 구실을 만들어낸다.

"좋습니다. 상황이 이렇게 된 이상 발뺌은 하지 않겠습니다."

"오호라, 이제야 본색을 드러내시는군."

"하지만 강은우 박사님을 구하기 위해 몸을 사리지 않았던 것은 사실입니다. 그만큼 로비에도 상대방을 존중했다는 뜻입니다.”

“그래서 하고 싶은 말이 뭡니까?”

“어차피 박사님께서 우리 조건을 들어주지 않을 것을 잘 알고 있으니 우리가 적당한 선에서 성의 표시를 하는 것으로 이번 사건을 마무리해 주시죠.”

국정원 요원들이 고개를 갸웃거린다.

“지금 우리에게 뇌물을 제공하겠다는 겁니까?”

“정확히 말하면 당신보다는 강은우 박사님께 협상을 제안하는 겁니다. 이번 일을 눈감아주신다면 우리 또한 그냥 맨입으로 돌아가지는 않을 겁니다. 우리가 지금까지 제안했던 모든 것은 어차피 철저히 박사님을 위해 만들어놓은 것이니 그것을 받으시고 그만 이번 일을 덮어주시지요.”

한국 땅에 들어와 난리법석을 떤 것을 모른 척 넘어가는 대신 자신들이 주려 했던 물건들을 대가로 지불하겠다는 소리다.

“이를테면 합의금을 지불할 테니 이대로 사건을 덮어달라는 거군요.”

“듣기에 따라 다를지는 모르겠지만 요점만 말하자면 그렇습니다.”

이번에는 국정원 요원들의 시선이 은우에게로 쏠린다.

사건의 핵심이 은우이니 그가 결정하는 대로 따르겠다는 뜻이다.

은우는 상당히 고심하는 듯 한참을 생각하더니 이내 입을 열었다.

"됐습니다. 어차피 저를 구해주셨으니 이대로 서로 합의된 걸로 칩시다."

하지만 이들은 이런 일에 있어 마무리가 얼마나 중요한 것인지 아주 잘 알고 있다.

사샤는 은우의 말에 고개를 저었다.

"어차피 이대로 돌아갔다간 일만 더 커질 수도 있습니다. 그러니 저희가 잘못한 부분을 인정할 테니 그에 대한 대가도 정당하게 받아주시죠."

혹시나 모를 사태에 대비하여 단단히 입막음을 하겠다는 뜻이다.

국정원 요원들은 그저 은우의 표정을 살필 뿐이다.

간절한 그들의 표정에 은우가 어쩔 수 없다는 듯 고개를 끄덕인다.

"알겠습니다. 그럼 그렇게 하도록 하지요. 대신 저를 위협했던 괴한들은 국정원 요원들에게 넘겨주시지요."

사샤는 흔쾌히 고개를 끄덕인다.

"알겠습니다. 그렇게 조치하도록 하겠습니다."

사건은 이렇게 존과 사샤, 아니, 미국과 러시아 정보국 요원들 사이에 앙금만 남긴 채 끝이 났다.

하지만 은우는 그로 인하여 자신이 원한 모든 것을 뒤탈 없이 얻게 되었다.

                    *   *   *

　은우가 의도한 대로 그를 살해하려던 모든 증거가 한자리에
모이게 되었다.

　가장 맨 첫 번째로 원효대교 한가운데에 있던 CCTV의 화면
과 CIA요원들이 촬영했던 증거 화면이 제출되었다.

　그리고 그 뒤를 이어 은우를 시해하려 했던 두 명의 중장비
운전수가 자수하면서 수사는 급진전되었다.

　게다가 은우를 납치, 살해하려 했던 청부업자들까지 국정원
에 붙잡히는 바람에 강주원은 구속 수사를 면치 못할 상황에
처하고 말았다.

　살인 청부는 살인과 같은 죄를 적용할 정도로 중죄이며, 그
죄질에 따라 형량이 늘어날 수도 있는 심각한 범죄다.

　더군다나 이렇게 증거가 차고 넘치는 판에 그가 실형을 피
할 수 있을지 의문이다.

　박정식은 계속해서 묵비권을 행사하고 있는 강주원에게 슬
슬 짜증난다는 듯 물었다.

　"자꾸 그렇게 묵비권만 행사하다간 진짜 콩밥 먹는 수가 있
습니다."

　"……."

　"뭐, 좋습니다. 입을 열지 않는 거야 당신 마음이지."

　이윽고 박정식이 조서에 자신의 진심을 담아 작성을 시작했
다.

이미 그에게 미란다 원칙에 대해 알려준 상태, 박정식은 인정사정 봐주지 않고 조서를 꾸며 내려갔다.

아마 검찰에서 이 조서를 본다면 그는 꼼짝없이 살인 교사로 실형을 선고받을 것이 분명했다.

아무리 유능한 변호인이 선임된다고 해도 그의 형량을 조금 줄이는 것일 뿐, 별다른 손을 쓸 도리는 없어 보였다.

*   *   *

러시아와 미국에게 원하는 것을 모두 받아낸 은우는 예정대로 강진명과의 인연을 끊어내기로 한다.

아무리 키운 정이 끈끈하다고 해도 자신을 죽이려 한 양부에게 붙어 있을 사람은 없을 테니 사회적 시선도 자연적으로 정리될 것이다.

친아들을 유치장에 보내놓은 강진명은 자신이 양아들로 키워온 은우와 마주앉아 이제까지 한 번도 보인 적 없는 표정을 보인다.

"…어떻게 안 것이냐?"

"제가 어떻게 알았냐는 중요하지 않습니다. 당신이 나를 아들로 생각하지 않았다는 것이 중요할 뿐."

"매정한 놈이었군."

은우는 태연하게 동정심을 유발하고 있는 강진명에게 말했다.

"매정? 지금 당신의 입에서 매정이라는 소리가 나옵니까? 절친한 친구의 지분을 몰수하여 회사를 독식한 것으로도 모자라 그 아들까지 이용한 후 죽이려 하다니, 어떻게 인간의 탈을 쓰고 그런 짓을 할 수 있는지 의문이군요."

강진명은 은우의 비난에 고개를 가로젓는다.

"이 세상에는 네가 생각했던 것보다 훨씬 더 복잡한 일이 많아. 다만 네가 나와 척을 지면서까지 이런 일을 벌였다면 무엇하나는 깨달았으면 하는 바람이다."

"끝까지 아버지인 척하겠다는 겁니까?"

"최소한 너를 키우면서 너를 남의 자식이라고 생각한 적은 없으니까."

"친자식이라고 생각했다면 어째서 나를 죽이려고 한 겁니까?"

강진명은 끝내 은우의 물음에 답하지 않고 자리에서 일어섰다.

"잘 가거라. 그리고 다시 만나면 우리는 원수지간이 되어 있겠지."

문을 열고 밖으로 나서는 강진명을 당장 죽이지 않는 것은 아버지의 명예 때문일 것이다.

언젠가는 저 작자가 가지고 있는 모든 것을 빼앗아 아버지의 이름을 다시 되찾겠다는 다짐 덕분에 끝내 그를 찢어 죽이지 못하고 자리를 떴다.

                    *   *   *

  강씨 성을 버린 은우는 원래 아버지의 성인 이씨를 따라 이
은우로 개명하게 되었다.

  물론 그러면서 화진그룹과는 완전히 연을 끊게 되었으며,
강진테크놀로지의 대표이사와 마엘조 그룹의 회장을 겸직하
게 되었다.

  물론 마엘조 그룹의 총수가 된 것은 비밀리에 진행된 사안
임으로 러시아 정보국 사샤를 제외하면 아무도 모르는 사실이
다.

  아버지의 성을 따라 집에서 나온 은우는 거처를 대전으로
옮기기로 했다.

  그가 집안을 나온 지 이틀 후, 은우의 집 앞에 동생 화영이
찾아왔다.

  무척이나 수척해 보이는 안색의 그녀를 보면서 은우는 무척
이나 안쓰러운 마음이 든다.

  하지만 이제 두 사람은 남남이다.

  더 이상 동생으로서 따뜻하게 대할 수 없게 되어버린 것이
다.

  "이곳까지 온 것을 알면 네 아버지와 오빠가 가만있지 않을
텐데?"

  "…그래도 오빠인데, 인사는 하고 싶어."

  은우는 아버지의 원수 강진명의 딸을 마주하고 있음에 상당

히 깊은 혼란을 느끼고 있다.

과연 20년을 넘게 정을 나눈 동생마저도 멀리해야 하는 것일까?

하지만 의외로 답은 쉽게 나온다.

지금부터 그의 가족은 잠들어 버린 아버지와 그를 믿는 친구들뿐이다.

"잘 살아라."

더 이상 어떤 말도 그에게 도움이 되지는 않을 것이다.

은우는 그녀에게 손도 흔들지 않은 채 그대로 돌아서 집으로 들어가 버렸다.

어둑어둑한 하늘, 서서히 비가 내리려 하고 있었다.

CHAPTER 06
천계에서 내려온 그녀

    온통 주변이 하얗고 머리는 간헐적으로 아파온다.

    하지만 이상하게도 두통이 느껴지는 가운데 알 수 없는 편
안함이 온몸을 감싸는 듯하다.

    언젠가 느껴본 적 있는 이 느낌이 전혀 나쁘지 않다.

    이윽고 은우의 곁으로 한 여인이 다가와 손을 뻗는다.

    무슨 말을 하는 것 같기는 한데 도저히 무슨 소리인지 알 수
가 없다.

    그러다 점점 은우에게로 가까워지더니 이내 양손으로 얼굴
을 잡았다.

    순백색 피부에 티 없이 길게 늘어뜨린 은발, 사람이라고는
전혀 믿기지 않을 정도였다.

이제 두 사람의 사이는 체온이 느껴질 정도로 가까워졌다.

달콤한 숨결이 은우의 귀에 전해지며 잔잔하고 아름다운 음성이 들린다.

―…지켜주세요.

'지켜? 내가 당신을?'

―약속해 주세요.

아름다운 그녀의 부탁에 은우는 자동적으로 고개를 끄덕였다.

그리고 잠시 후, 그녀의 입술이 은우의 입술을 덮었다.

*　　*　　*

조금 늦은 아침, 오랜만에 휴일을 맞은 은우는 침대에서 일어날 생각을 하지 않는다.

요즘 들어 통 휴식을 취하지 못한 탓에 피로가 한꺼번에 몰려온 것이다.

"드르렁……."

낮게 코도 고는 것 같다.

하지만 은우는 문득 뭔가 자꾸 꿈틀거리는 느낌이 들어 어쩔 수 없이 눈을 떴다.

"으음……."

희미하게 눈을 떠보니 은색 털 같은 것이 흔들리며 은우의 얼굴을 간질인다.

세상에 자연산 은발을 가진 사람은 없으니 아마도 개나 고양이일 것이다.

그렇게 생각하며 다시 잠을 청하려던 은우는 화들짝 놀라 자리에서 일어나 버렸다.

그는 집에 고양이나 개를 키우지 않는 성격이다.

혹시나 문이 열려 있나 싶어 현관문과 창문을 모두 점검해 보았다.

"이런……."

화장실 창문이 조금 열려 있는데, 성인 여성 한 명이라면 충분히 들어올 수 있을 정도의 공간이다.

황급히 문을 닫은 후 고양이인지 개인지 모를 녀석을 내쫓기로 했다.

아직 개를 키울 여력이 되지 않으니 어쩔 수 없다.

"어디 감히 남의 집 담벼락을 아무렇지 않게 넘어……."

괘씸한 마음에 이불을 확 걷어내자 다소 충격적인 장면이 연출된다.

백옥 같은 피부와 늘씬하게 뻗은 다리, 그리고 풍만한 가슴까지.

상상 속에서나 나올 법한 미녀가 새근새근 잠에 빠져 있는 것이다.

순간, 은우의 머릿속에 무수히 많은 생각이 스쳤다.

이 집에 사람이 무단으로 침입할 수 있는 경우의 수와, 자신이 몽유병에 걸려서 사람을 납치해 왔나 하는 생각까지 들었다.

하지만 도무지 답이 나오지 않았다.

"도대체 뭐야?"

적나라하게 드러난 그녀의 아름다운 여체를 가만히 바라보던 은우는 불현듯 정신을 차리고 다시 이불을 덮어버렸다.

그러자 그녀가 조금씩 꿈틀거린다.

"우웅……."

햇살에 비친 그녀의 얼굴이 제대로 드러나자 은우는 넋을 놓고야 말았다.

지금까지 그리 오랜 삶을 살지는 않았지만 나름대로 지구와 다른 대륙에서도 살아본 은우다.

유사 인종 중 신의 축복을 받아 선천적인 아름다움을 지닌 종족들이 있다.

인간의 미모는 그들에 비할 바가 아니며, 인간의 미인은 그들에게 그저 추녀에 불과할 정도이다.

하지만 이 여자는 그런 미녀들을 가볍게 뛰어넘을 정도의 미인이다.

상당히 부드러운 턱 선과 오밀조밀한 입술, 그리고 옆으로 약간 찢어진 눈과 오뚝한 콧날.

모든 조합이 완벽하게 이뤄져 이 세상에서는 도저히 만들 수 없을 것 같은 느낌마저 들었다.

이런 미인을 바라보면서 은우는 도대체 왜 자신의 앞에 그녀가 있을까 하는 의문에 빠져들었다.

그러나 역시 답을 얻기엔 조금 무리가 있다.

은우는 우선 그녀를 경찰에 넘기기로 했다.

지금 이 상태로 그녀를 데리고 있다가 나중에 무슨 봉변을 당할지 알 수가 없기 때문이다.

전화기를 들어 112에 신고하려던 은우는 이내 손을 내려놓고 말았다.

이불을 가슴까지 끌어올린 그녀가 은우를 바라보고 있었던 것이다.

은색 눈동자에서 뿜어져 나오는 신비한 느낌이 마치 머릿속을 하얗게 태워 버릴 것 같은 느낌이었다.

그리고 잠시 후, 그녀가 은우에게 빙그레 미소를 지었다.

"오랜만이죠?"

그녀의 인사에 은우가 당혹감을 감추지 못한 채 고개를 갸웃거렸다.

"무, 무슨 말입니까? 우리가 언제 만난 적이 있습니까?"

은우의 질문에 그녀가 좀 더 앞으로 다가와 말했다.

"기억이 나지 않는 모양이죠?"

"그게 무슨 소리입니까?"

"루야나드 대륙에서의 일을 모두 잊은 것은 아니겠죠?"

검황으로서 살아가던 시절, 은우는 상당히 금욕적인 생활을 했다.

그때는 성욕보다 먼저 이뤄야 할 것이 있었기 때문에 여자를 상당히 멀리했다.

"…미안합니다만, 저는……."

무심결에 고개를 젓던 은우가 화들짝 놀라 그녀를 다시 바라보았다.

"자, 잠깐! 당신이 어떻게 루야나드에 대해 할 수 있는 겁니까?"

그녀는 아무렇지도 않다는 듯 말했다.

"내가 당신을 루야나드로 데리고 왔고, 역시 되돌려 보냈지요."

그제야 은우의 머릿속에 그녀의 모습이 아련하게 떠오르기 시작했다.

한국으로 돌아오기 전, 마지막으로 보았던 그녀의 얼굴이 생각났다.

"그, 그렇다면 당신은……."

"천계에서 내려왔어요. 루야나드에서는 우리를 천족이라 부르고 당신들은 우리를 천사라고 부르더군요."

보고도 믿을 수 없는 아름다운 여인. 하지만 사람이 아닌 그녀를 대하는 은우의 표정은 상당히 딱딱하게 굳어 있었다.

*   *   *

은우는 우선 그녀가 입을 수 있을 만한 옷이 집에 있는지 뒤적거려 본다.

하지만 역시 남자 혼자 사는 집에 여자가 입을 만한 옷이 있을 리가 만무하다.

그나마 입을 만한 옷은 역시 와이셔츠밖에 없다.

고개를 옆으로 돌린 은우가 그녀에게 와이셔츠를 건넨다.

"크흠! 일단 이거라도 걸치고 계십시오. 내가 나가서 적당한 옷과 속옷을 사올 테니."

완벽히 자연 그대로의 모습으로 앉아 있던 그녀는 은우가 건넨 와이셔츠를 대충 걸치고는 자리에서 일어섰다.

그리고는 은우에게 다가와 앉아 있는 그의 얼굴에 자신의 얼굴을 쑤욱 들이민다.

한쪽으로 늘어뜨린 그녀의 은발이 찰랑거리며 은은한 향기를 자아낸다.

"고마워요."

게다가 헐렁거리는 셔츠를 입혀놓으니 정신이 몽롱해질 정도로 섹시하다.

간신히 정신줄을 가다듬은 은우가 그녀에게 물었다.

"그나저나 당신은 어쩌다 이곳까지 오게 된 겁니까? 원래대로라면 천계에 있어야 하는 것 아닙니까?"

슬쩍 거리를 벌리는 은우를 졸졸 따라다니며 그녀가 답했다.

"원래대로라면 그렇죠. 하지만 당신의 소원을 들어준 탓에 인간 세계로 추방되었죠."

"추방이라니? 나를 이곳으로 보내주고 천계에서 추방되었다는 겁니까?"

그녀는 당혹감이 가득한 은우의 얼굴을 바라보며 슬쩍 미소를 지었다.

“동족들은 내가 당신의 소원을 들어준 것이 멍청한 짓이라며 손가락질했어요. 하지만 저는 전혀 후회하지 않아요. 불사의 몸을 포기한다고 해도 옳은 일을 했다면 괜찮다고 생각하니까요.”

자신의 복수 때문에 동족에게 버림받은 그녀에게 상당히 숙연한 마음을 느낀다.

“당신이 버림받을 것을 알면서도 왜 그런 짓을 한 겁니까? 나 같은 인간이야 한평생 그럭저럭 살다 가면 그만이지만 당신은 다르지 않습니까?”

은우의 말에 그녀가 고개를 저었다.

“이 세상에 그럭저럭 살다가 그저 허망하게 가는 사람은 아무도 없어요. 당신 또한 누군가에겐 무척이나 소중한 사람일 테니까요.”

“당신 역시 소중한 사람들이 있을 것 아닙니까?”

조금은 아픈 구석을 건드릴 것일까?

그녀가 울상을 짓는다.

“…그렇죠. 나로 인해서 아픔을 겪을 사람들이 있죠. 천족과 인간의 다른 점이라면 천족은 평생 이별이라는 아픔을 모른다는 것이죠. 하지만 그런 상처를 준 것 역시 나름대로 소중한 경험을 선물한 거라고 생각해요.”

은우를 바라보는 그녀의 눈빛에 애틋함이 스친다.

＊　　＊　　＊

마왕 아수스의 반란으로 인하여 중간계의 붕괴 직전까지 도달한 루야나드 대륙에 특단의 조치가 취해진다.

"엘레니아는 차원의 틈을 이용하여 아수스의 영혼을 완벽하게 봉인시킬 존재를 데리고 오라."

대천사장의 부름에 그녀는 불안한 눈으로 부복했다.

"하지만 그를 이곳으로 데리고 오면 죽어서도 고향으로 돌아갈 수 없을 겁니다. 그렇게 되면……."

"하나의 영혼이다. 대를 위해 소를 희생하는 것 또한 주신의 뜻이니 주어진 소명에 따르도록 하라."

천족에게 주신의 뜻은 거스를 수 없는 숙명과도 같은 것이다.

그녀는 하는 수 없이 천계와 중간계 사이에 있는 차원의 틈을 이용하여 이곳으로 들어올 수 있을 정도로 강력한 영혼을 찾아 나선다.

차원의 틈은 마왕 아수스가 천계에서의 반란을 도모하면서 세상의 균형을 깨뜨리기 위해 만들어낸 결과물이다.

천상계와 중간계의 경계면 중에서 가장 얇은 곳에 천사의 날개를 희생하여 조그만 틈을 만들어낸 것이다.

그렇게 하여 중간계는 인간 이외의 이종족이 생겨났고, 이제까지는 한 번도 없었던 대혼란이 일어나게 된다.

비록 아수스와 그의 부하들이 대천사장에게 패하여 지하 세계로 쫓겨났지만, 이미 찢어져 버린 공간은 복구될 기미를 보이지 않고 있다.

뜻하지 않게 만들어진 차원의 틈은 급기야 세상을 구원하기 위해 사용되기로 한 것이다.

그러나 공간과 공간 사이에 생겨나는 엄청난 저항력을 이겨내기 위해서는 일반적인 영혼이 가지고 있는 영기의 백 배에 달하는 강력함을 가지고 있어야만 한다.

그렇게 차원의 틈을 수백 년 동안 헤맨 엘레니아는 고생 끝에 간신히 조건에 딱 맞는 영혼을 찾아냈다.

하지만 원치 않게 이곳으로 온 그의 영혼은 이제부터 평생 동안 고향을 볼 수 없게 되었다.

자신들의 세계를 지켜내기 위해 죄 없는 이방인을 끌어들인 그녀는 주체할 수 없는 죄책감에 시달렸다.

그렇게 10년이 지났고, 그는 천족들의 예상대로 마왕의 심장을 흡수하여 아수스를 완벽하게 봉인했다.

목적은 이루었으니 이제 그는 루야나드 대륙을 평생 떠돌며 중간계의 관조자로 남을 팔자였다.

죄책감에 시달리던 그녀는 끝내 극단적인 선택을 하기에 이르렀다.

그를 위해 불사의 몸을 포기하기로 한 것이다.

은우를 지구로 돌려보낸 후 그녀는 천계에서 열리는 두 번째 재판을 받았다.

불사를 상징하는 천족의 날개를 떼어냄으로써 그녀를 다른 차원으로 추방한다는 선고였다.

이에 그녀의 친구들은 다시는 볼 수 없을 눈물을 쏟아냈다.

"흑흑, 어째서, 어째서 그렇게 미련한 짓을 한 거야?"

"고작 인간의 영혼 하나 때문에 영생을 포기하다니 이렇게 실망스러울 수가 없구나."

눈물과 비난, 그녀는 이 모든 시련을 기꺼이 견뎌내며 은우의 뒤를 따기로 한 것이다.

대천사장은 엘레니아의 육신에서 날개를 떼어낸 후 차원의 틈으로 그녀를 던져 버렸다.

그러자 불사의 몸을 버린 그녀에게로 공간과 공간 사이에 생겨나는 저항력이 엄청난 압력을 행사했다.

"크흑!"

이를 악문 그녀는 자신이 행했던 잘못을 속죄하는 마음으로 고통을 참아냈다.

그렇게 얼마나 긴 시간이 흘렀을까?

어느덧 정신을 차리자 주변의 환경이 바뀌어 있었다.

돌아다니는 사람들의 옷차림.

철로 된 탈것.

전혀 다른 언어 체계.

오랜 고통을 감내한 끝에 그녀는 드디어 지구에 도착한 것이다.

다행히 은우의 뒤를 따라 왔기에 도착한 것은 은우와 같은 시간대의 한국이었다.

이 한국에서 아무런 방도가 없는 것이나 마찬가지인 그녀는 무작정 그에게 몸을 위탁하기로 마음먹었다.

＊　　　＊　　　＊

　자신의 모든 것을 희생하면서까지 은우를 보내준 그녀의 마음에 어떻게 보답해야 할지 감히 상상조차 할 수가 없다.

　하지만 그녀는 아주 작은 것에 감사하며 조금씩 이 세상에 대한 것을 배워 나갈 뿐이었다.

　은우가 백화점에서 급하게 구해온 속옷들을 입어본 그녀가 어색한 말투로 말했다.

　"어차피 남에게 보여줄 일이 거의 없을 테지만, 이 세상에 사는 사람들은 참으로 희한한 종류의 옷을 선호하는군요."

　방문 너머로 들리는 그녀의 목소리에 괜스레 그의 얼굴이 빨개진다.

　"흠흠, 원래 처음은 다 그런 것이라고 합니다. 만약 사이즈가 작은 것 같으면 말씀하십시오."

　그녀의 풍만한 가슴을 감당할 정도의 크기를 구하느라 고생한 그는 이제 속옷에 대한 기본 상식을 꿰찰 정도였다.

　"맞는 것 같네요. 설명서대로 입으니 불편하거나 크게 어색한 감은 없어요."

　이렇게 기본적인 것부터 알아가야 하다니 앞으로 도대체 어떻게 살아가야 하나 싶은 생각이 들었다.

　이윽고 눈대중으로 사온 원피스를 입고 문밖으로 나온 그녀의 모습이 은우의 눈에 비쳤다.

“어떤가요?”

치마가 발목까지 내려오는 원피스를 입은 그녀가 수줍은 듯 미소를 지어 보였다.

그러자 은우는 자동적으로 박수를 쳤다.

짝짝짝!

“단언컨대 제가 태어나서 본 여자들 중에 당신이 가장 아름답습니다.”

눈이 부실 정도로 아름다운 그녀가 은우에게 달려와 두 팔을 벌렸다.

“고마워요!”

그리고는 곧바로 입술을 덮쳐온다.

쪽!

“후읍!”

천족은 고마움을 느끼는 상대에게는 이런 식으로 인사를 한다는데 인간인 은우의 입장에서는 세상이 빙글빙글 돌 지경이었다.

만약 이대로 시간이 멈춘다고 해도 절대 후회하지 않으리라는 생각이 들었다.

*　　*　　*

칙칙!

아침부터 요란하게 압력밥솥이 돌아가는 소리가 들린다.

어지간해서는 아침에 밥을 차리지 않는 은우로서는 이 광경이 무척이나 신기하여 눈을 비빌 지경이었다.

"도, 도대체 언제 이런 것을 배웠습니까?"

"은우 씨 방에 있는 백과사전을 보고 배웠어요. 그냥 글로만 배운 거라서 맛이 어떨지 모르겠네요."

"백과사전이요? 그걸 혼자 읽고 밥까지 짓고 있단 말입니까?"

"어렵지 않아요. 물만 잘 맞추면 밥이 타거나 죽이 될 일은 없다고 하니까요."

"하지만 이제 이곳에 온 지 하루가 지났을 뿐이지 않습니까? 언제 글을 배운 겁니까?"

"글자의 체계를 보니 금방 이해가 가던걸요?"

"그, 그저 책에 나와 있는 글을 조합해서 그 원리를 찾아 혼자서 독파했단 말입니까?"

"원래 글이라는 것은 기록을 위해 존재하는 거잖아요. 그러니까 그림이 나타내는 뜻을 보고 그것들이 만들어내는 체계만 파악하면 그리 어렵지 않아요."

"그, 그런 것이 과연 가능하단 말입니까?"

지금가지 한 번도 생각해 본 적 없는 학습법이다.

도대체 세상의 그 어떤 사람이 글자의 체계만으로 글을 익힐 수 있단 말인가?

그녀의 이해력과 사고력은 상상을 초월하는 것 같았다.

나름 천재로 명성이 자자한 은우 역시 따라갈 길이 없을 정도였다.

과연 앞으로 그녀가 또 어떤 일로 놀라게 할지 기대가 되었다.

이윽고 밥솥을 열어 밥을 수저로 푹 떠서 은우가 맛을 본다.

윤기가 좔좔 흐르는 밥을 한 수저 떠서 입에 가져다 댄 그의 표정이 썩 좋지 않게 바뀌었다.

뚜둑!

"호, 혹시 어느 정도의 물이 적당한지 보고 한 겁니까?"

"아니요. 그냥 물만 잘 맞추면 된다고 했어요."

윤기가 흐르는 것은 수증기 때문에 생겨난 코팅이고, 쌀은 아예 익지도 않은 상태였다.

지금까지 살면서 밥이라는 것을 먹어본 적이 없는 그녀로서는 도대체 얼마가 제대로 익은 것인지 감을 잡을 수 없는 모양이었다.

도저히 숨길 수 없는 맛에 일그러진 은우의 얼굴을 바라보며 그녀가 동글동글한 눈을 반짝거렸다.

"어떤가요? 맛이 이상한가요?"

만약 지금 이대로 진실을 말했다간 상처를 받을 수도 있는 일, 은우는 적당히 거짓말을 섞었다.

"당연하지요. 내 생에 이렇게 맛있는 밥은 처음입니다."

"정말요?!"

"하지만 다른 사람은 별로 좋아하지 않을 것 같군요."

"은우 씨의 입맛이 특이한 모양이군요."

“다음부터는 물을 조금 더 넣어야 할 것 같습니다. 그 외에 다른 것은 아주 좋습니다.”

“고마워요. 맛있게 먹어줘서.”

억지로 밥을 모두 먹어야 했지만, 그녀의 정성이 들어가 있으니 생쌀도 알아서 소화가 될 것이다.

하지만 역시 글로 배운 것은 경험과의 현격한 차이가 있는 듯했다.

*　　*　　*

그녀를 데리고 살자면 필요한 물건이 상당히 많을 것이다.

그것들을 모두 충당하자니 생각보다 짐이 늘어나고 있다.

한 방에서 잘 수 없으니 이불을 사야 하고, 둘이서 식사를 해야 하니 식기를 새로 사야 했다.

노란색 원피스를 예쁘게 차려입은 그녀와 은우가 함께 공주 재래시장에 들렀다.

유성에서 장을 보게 되면 자칫 아는 얼굴과 마주쳐 곤란한 사태에 직면할 수도 있기 때문이다.

게다가 금강을 따라서 이어진 도로는 포근한 날씨와 너무도 잘 어우러져 드라이브 코스로는 아주 제격인 덕분도 한몫을 했다.

시원한 바람을 타고 달리는 국도의 풍경은 이제 막 봄꽃이 피어 있어 아름다움 그 자체였다.

"이곳에는 독특한 아름다움이 있군요."

그녀는 가는 곳마다 탄성을 자아내며 모든 것이 신기한 듯 환하게 웃었다.

그런 그녀에게 은우가 주섬주섬 카메라를 꺼내어 보여주었다.

"이 아름다운 풍경을 사진으로 남길 수 있습니다. 알고 있습니까?"

"백과사전에서 봤어요. 빛을 이용해서 사진이라는 것을 만들 수 있다고 하더군요."

"이게 바로 그 사진을 만드는 사진기라는 물건입니다."

"사진기요?"

잠시 길가에 차를 세운 은우가 그녀의 눈부시게 아름다운 모습을 사진기에 담는다.

찰칵!

도로를 따라서 핀 개나리와 그녀의 원피스가 매치되어 한 폭의 그림이 된다.

그는 결과물을 그녀에게 보여주었다.

"보십시오. 이렇게 자동으로 값을 입력하고 사진을 찍으면 이런 모습이 됩니다."

생전 처음 보는 사진기라는 물건은 역시 그녀의 호기심을 자극한다.

"어디 한번 봐요."

그러면서 그의 팔에 그녀가 매달리며 고개를 뷰 파인더를 향해 내민다.

물컹!

그녀의 풍만함은 역시 숨길 수 없는 듯 은우의 팔에 부드러운 감촉을 만들어낸다.

"험험! 아무튼 이렇게 찍는 겁니다."

"하지만 아예 설정하는 방법도 모르는 걸요?"

"아참, 그러고 보니 사용법을 모르는군요."

은우는 그녀의 손에 카메라를 쥐어주고 자세를 잡는 방법과 초점을 맞추는 방법을 알려주었다.

예전 대학에서 과제물로 사진을 자주 제출하면서 익힌 노하우를 그녀에게 전수해 주는 것이었다.

"자세는 이렇게 잡고 셔터를 살짝만 눌러서 초점을 잡는 겁니다."

띠릭!

"아하! 이렇게 잡는 거였군요."

역시 그녀는 하나를 알려주면 열을 깨우치는 여자다. 그 진행에 기분이 좋아 은우는 더 열정적으로 알려주었다.

지금 두 사람이 서 있는 형국은 은우의 품에 그녀가 안긴 모양새였다.

그의 따뜻한 체온이 그녀에게 그대로 전해져 엘레니아가 미소를 지었다.

"은우 씨는 마음이 참 따뜻한 사람인 것 같아요."

"그걸 어떻게 알 수 있습니까?"

"비밀이에요."

그러면서 싱긋이 웃는 그녀의 얼굴이 너무나 매력적이다.

은우는 그 얼굴을 보자 뭐라고 더 의문을 표할 수도 없어서 잠자코 마주 웃었다.

잠시 차를 세워두었던 은우는 다시 재래시장으로 향했다.

*　　*　　*

주말은 아주 빠르게 지나갔다.

특히나 그녀와의 시간은 어찌나 순식간에 지나가는지 제대로 된 휴식조차 취하지 못했다.

그러나 평일을 시작하는 은우의 아침은 예전보다 활기찼다.

칙칙칙!

새벽에 일어나니 갓 지은 따뜻한 밥은 물론이고 요리책에 나오는 갖가지 반찬이 한상 가득 차려져 있다.

언제 은우가 이렇게 황송한 대접을 받아봤는지 기억이 가물가물하다.

어려서부터 식당에서 끼니를 해결하며 영재 생활을 했었고, 가정부도 이렇게까지 하지 않았으니 은우로서는 감읍할 따름이었다.

거나하게 차려진 밥상 앞에 앉은 그에게 엘레니아가 미소를 지으며 수저를 놓아주었다.

"어서 드셔보세요. 맛이 어떨지 모르겠네요."

된장찌개를 한 수저 떠서 맛을 보니 은우 자신도 모르게 탄성이 절로 나왔다.

"크흐! 맛이 아주 깊습니다. 어떻게 만든 겁니까?"

"그냥 책에 나온 대로 적절히 섞어봤어요. 입에 맞나요?"

"맞다뿐입니까? 너무 맛있어서 숨이 멈출 뻔했습니다."

"정말요? 당신이 맛있다면 저도 좋아요."

"이런 밥이라면 만 공기라도 먹겠습니다."

"은우 씨는 상대방의 기분을 상당히 좋게 만들어주는 것 같아요."

그의 칭찬에 곧바로 그녀가 반응한다.

쪽!

"후웁!"

애정이 들어 있든 그렇지 않든 아침부터 이런 애정행각(?)을 벌이고 있자니 기분이 참으로 묘해진다.

이를테면 마치 두 사람이 꼭 신혼부부가 된 것 같은 느낌이 드는 것이다.

그리고 그와 함께, 돌아올 곳이 하나 더 생겼다는 안정감도 들었다.

'괜찮네, 이런 것도.'

홀로 남은 것이나 다름없는 은우의 생활에 어쩐지 든든한 무언가가 생긴 듯했다.

CHAPTER 07
새로운 사업의 시작

    2006년, 은우가 전역을 하던 당시에는 세계인의 축제라는
월드컵 준비가 한창이었다.

    4년 전 한일월드컵에서 한국 축구가 거둔 쾌거를 다시 재현
할 수 있을까 하는 막연한 기대감이 축구 팬들을 흥분시켰던
것이다.

    덕분에 한국의 축구 산업은 문전성시를 이루었고, 프로축구
의 인기 역시 한껏 올라 있었다.

    그러나 은우의 시선은 오로지 미국과 일본을 비롯한 선진국
들의 에너지 확보 경쟁에만 쏠려 있었다.

    중동의 정세 불안에도 불구하고 원유가는 그 최대치를 기록
함에 따라 그 여파는 점점 커져만 가는 중이었다.

아무리 은우가 연구실에 처박혀 신형 원자로를 개발하는 데 25년 인생을 다 바쳤다고는 하지만 대략적인 국제 정세는 빠삭하게 파악하고 있었다.

고로 지금 그는 어떤 사업을 시작해야 틈새시장을 노릴 수 있을지 아주 잘 알고 있다.

그가 지금 실현시키려는 기술은 2000년대 초반, 한국에서 개발되었다가 상용화되지 못하고 후일을 기약하게 된 기술이다.

그것은 바로 수소발전.

수소발전은 휘발유나 등유에 비해 가격이 저렴하고 매연이 발생하지 않는다는 장점이 있다.

하지만 그것도 실용화가 가능할 때나 해당되는 얘기다.

휘발유나 등유에 비해 폭발력이 떨어져 값이 싼 원료에 비해 효율성이 현저히 떨어진다는 치명적인 단점이 있었다.

그래서 소형 발전기를 만들어 가정에 보급할 경우 난방용으로는 적합하지 않았던 것이다.

게다가 수소분해를 통해 수소를 얻어내는 과정은 가정에서 사용할 수가 없는 단계였다.

수소를 분해하자면 전기를 이용하여 원자를 분해해야 하는데, 그에 들어가는 전력을 사용할 바엔 차라리 등유를 사용하는 편이 훨씬 유리했던 것이다.

그리고 가장 큰 맹점으로 꼽힌 것이 바로 수소의 보관에 관한 것이다.

수소는 폭발 가능성이 다른 물질에 비해 현저히 높기 때문에 보관하는 것 자체가 쉽지가 않다.

위험성을 최소화하기 위해서는 그에 상응하는 가격을 필요로 하는 보관법이 필요했던 것이다.

2012년 12월을 기하여 은우의 친구 예지가 수소에너지를 저장하기에 가장 적합한 티타늄 합금을 만들어내지만, 그것은 지금으로부터 6년이나 지난 후의 일이다.

고로 지금의 기술로는 수소발전을 실현하는 것이 불가능한 것이 사실이다.

하지만 그것은 어디까지나 표면적인 사실에 불과하다.

은우는 그것에 대한 해법을 찾기 위해 카이스트로 향하는 중이었다.

2006년, 학계에 보고되자마자 사라진 '켈리늄'을 되찾기 위해서이다.

켈리늄은 다니엘 스톤 박사가 호주를 여행하던 도중 발견한 은 세공품을 보고 고안해 낸 티타늄 합금의 일종이다.

호주의 한 원주민 마을에서는 성인식에 은 세공품을 만들어 목에 걸어주는 풍습이 있었고, 오프로드를 여행하던 다니엘은 우연히 원주민 마을에 묵게 되었다.

그날 족장이 그에게 은 세공품을 선물하였는데, 그 강도는 강철과도 같았고 불에도 상당히 강한 내성을 가지고 있었다.

한 달 동안 마을에 상주하며 겨우 알아낸 은 세공법을 가지고 고국으로 돌아온 그는 그때부터 켈리늄을 만들기 위한 연구에 돌입했다.

그렇게 연구에 박차를 가한 지 3년, 마침내 그는 수소 운반과 저장에 최적화된 티타늄 합금을 개발하기에 이르렀다.

이 티타늄 합금은 수소 운반뿐만 아니라 자동차 및 생활 전기 발전에도 널리 사용할 수 있어 앞으로의 대체에너지 산업에 획기적인 대안을 제시할 것이라는 평가를 받는다.

하지만 2006년 여름 그는 갑자기 자취를 감추었고, 켈리늄 생산은 역사 속으로 사라지고 말았다.

당시 학계의 보고를 읽어본 은우는 무척이나 큰 관심을 갖고 그와 접근하려 수많은 노력을 기울였다.

그 역시 학자였고 이런 엄청난 발견을 한 박사를 꼭 한 번 만나 앞으로의 진로에 대해 상의해 보고 싶었던 것이다.

그때 은우는 그가 콜롬비아 대학에서 연구를 했고, 대학원 시절을 함께 보낸 사람이 한국인이라는 것을 알아냈다.

지금 그는 다니엘 박사가 사라지기 전, 그를 만나기 위해 대학원 룸메이트였던 이영한 교수를 찾아가는 중이다.

이종학 교수와는 고등학교 동창인 그는 다른 교수들에 비해 은우를 상당히 잘 챙기는 편이었다.

은우가 이종학 교수와 특별한 인연을 맺기 전인 전생에서도 그를 챙겨준 것을 보면 그가 심성이 얼마나 부드러운 사람인지 알 수 있다.

한 손 가득 과일 바구니를 들고 차에서 내린 은우는 한창 연구에 몰두하고 있는 이영한의 연구실 앞에 섰다.

똑똑.

문이 약간 열려 있지만 일부러 노크를 한 은우에게 이영한
이 고개를 돌린다.

"어이쿠, 은우 왔구나!"

"안녕하셨습니까?"

"뭐 이런 것을 다 사 가지고 왔냐?"

"그래도 오랜만에 오는데 빈손으로 올 수는 없지 않겠습니
까?"

"쓸데없는 곳에는 절대 돈을 쓰지 말라고 그렇게 말했건
만……."

"이 정도는 사도 괜찮지 않겠습니까? 선물용으로 나온 과일
이 아니고 시장에서 파는 과일을 그냥 바구니에 담은 겁니다.
제자들과 함께 드시지요."

"흐음, 그렇게 말한다면야……. 하지만 앞으로는 이런 사치
는 절대로 하지 말거라."

"예, 알겠습니다."

그는 한국 최고의 갑부 아들인 은우에게 늘 근검절약을 강
조하던 사람이다.

이영한은 은우가 물질이 아닌 인류의 발전을 위해 노력하는
과학자가 되기를 바라던 유일한 선생이었던 것이다.

소박하게 시장에서 담아온 과일들을 통째로 씻어낸 이영한
이 은우에게 그것을 건넸다.

"사왔으니 일단 맛을 보자꾸나."

　　그는 항상 과일은 껍질을 함께 먹는 것이 중요하다는 사실
또한 강조하던 웰빙족이기도 하다.
　　우선 반가운 만남을 뒤로한 채 비타민 보충부터 하던 이영
한이 은우에게 물었다.
　　"그나저나 요즘은 뭐가 그렇게 바빠서 얼굴 보기가 힘든 것
이냐?"
　　"아버지의 회사에서 갈라져 나와 따로 연구를 하다 보니 시
간이 별로 없습니다."
　　"화진그룹에서 결국 나온 것이냐?"
　　"그럴 만한 이유가 있었으니 그런 겁니다. 다른 뜻은 없습니
다."
　　그는 이 일에 대해 더 이상 자세히 묻지 않았다.
　　은우는 그런 그에게 오히려 질문을 던졌다.
　　"교수님, 궁금한 것이 있습니다."
　　"무엇이냐?"
　　"교수님의 동창 중에 수소발전기를 연구하시던 분이 계시
다고 일전에 말씀하시지 않았습니까?"
　　"수소?"
　　잠시 생각에 잠겨 있던 이영한이 이내 간신히 생각이 났다
는 듯 말한다.
　　"다니엘 그 친구를 말하는 모양이구나."
　　"네, 맞습니다. 다니엘 스톤 박사님 말입니다."
　　다니엘의 이름이 나오자 이영한은 그다지 반가운 표정을 짓

지 않았다.

"그 바람둥이 같은 친구는 갑자기 왜 거론하는 것이냐?"

하루에도 몇 번씩 여자를 갈아치운다는 지독한 바람기를 가진 다니엘 스톤은 이영한의 가장 친한 미국 친구이면서도 그가 가장 싫어하는 사람 중 하나이다.

"제가 수소발전에 대해 자문을 구하고 싶은 것이 있어서 말입니다."

이영한은 고개를 저었다.

"그를 직접 만나는 것은 안 될 말이다."

"어째서 그렇습니까?"

"그 카사노바가 네게 무슨 짓을 할지 모르니까. 사람은 백지와 같은 것이라서 더럽혀지는 것은 한순간이지."

은우는 그의 말에 작게 실소했다.

"어디 제가 그럴 사람입니까? 저는 그런 바람기는 딱 질색입니다. 그저 그분께는 학문적인 자문을 구할 뿐입니다. 함께 어울려 밤 문화를 탐방할 생각은 전혀 없습니다. 이 분야에서는 다니엘 스톤 박사님이 최고라고 교수님께서도 말씀하시지 않았습니까?"

그는 은우의 말에 조금은 공감한다는 듯 고개를 끄덕였다.

"하긴 그 친구가 여자 문제를 제외하면 상당히 괜찮은 과학자지."

"그래서 말씀드리는 겁니다만, 그분에게 저를 소개시켜 주시면 안 되겠습니까?"

상당히 은우를 아끼는 이영한이 이 정도로 고민할 문제라면 그가 얼마나 바람둥이인지 말하지 않아도 알 수 있었다.

하지만 이영한은 은우의 인간성을 믿어보기로 했다.

"좋다. 내가 그 친구에게 연락을 한 통 넣고 소개장을 써주마. 하지만 절대로 그와 함께 음주가무를 즐겨서는 안 된다. 알겠지?"

"예, 명심하겠습니다."

아직도 썩 내키지 않는다는 표정이 가득하지만, 이영한은 결국 은우에게 소개장을 써주었다.

*　　*　　*

은우가 직접 통화를 하지는 않았지만 이영한이 다니엘 스톤에게 연락을 했다고 전해왔다.

지금부터 약 일주일 동안 집을 비울 예정인 은우는 혼자서 집을 지킬 그녀가 자꾸 눈에 밟혔다.

그리하여 불안하긴 해도 그녀와 함께 미국행 비행기를 타기로 한다.

물론 당연히 은우와 함께 미국으로 가는 줄 알았던 하나를 떼어놓느라 애를 먹었지만 말이다.

순백색 원피스를 입은 그녀가 은우의 옷깃을 잡은 채 공항 입구로 들어섰다.

조선시대 같으면 은발이 있을 수 없는 일이지만, 현대에 이른 지금은 그저 개성의 한 부분이라고 인식하는 듯하다.

도드라지게 아름다운 얼굴만 조금 가려주면 사람들의 시선은 조금 줄어들 듯하다.

믿을 만하다는 브로커에게 위조 여권을 몇 개 구입한 은우는 두 사람 예약권을 비행기 티켓으로 바꾸기 위해 티켓팅 창구에 줄을 섰다.

그녀의 짐을 레일에 올린 후 티켓 교환의 절차를 밟으려는데 이제 100일이 막 지난 듯한 아이가 옆에서 울음을 터뜨리고 있었다.

"으앙!"

다행히 유동인구가 많은 공항이기 때문에 별달리 문제가 되지는 않지만, 아이의 엄마는 상당히 난감한 표정을 짓고 있었다.

"애가 왜 이러지? 젖도 먹었고 기저귀도 멀쩡한데……."

가끔 아이들은 새로운 환경에 적응하지 못하고 놀라서 울음을 터뜨리고는 한다.

아마도 백 일이 채 지나지 않은 아이가 수많은 인파에 놀라서 울음을 터뜨린 듯했다.

어지간해서는 그치지 않을 아이를 향해 엘레니아가 다가가 손을 내민다.

환하게 미소를 지으며 아이에게 다가간 그녀에게 아이의 엄마가 기분이 나쁘다는 듯 말했다.

"지금 아이 우는 것 안 보이나요? 지금 만지면 더 울 것 뻔한

데 왜 그래요?!"

당황한 젊은 엄마가 버럭 화를 내자, 아이는 더 큰 소리로 울어댔다.

"으아아앙!"

그러자 그녀는 당혹감에 엘레니아에게 더욱 큰소리를 냈다.

"이제 어쩔 건가요? 아이가 완전히 놀란 것 같은데!"

티켓팅을 마친 은우가 한바탕 난리가 난 그녀에게 다가가 물었다.

"무슨 일입니까?"

손에 티켓을 들고 나타난 은우를 보고 아이의 엄마가 다짜고짜 삿대질을 해댄다.

"이 여자 남편이에요?! 도대체 아내가 이러고 다니는 동안 뭐한 거예요?!"

"예? 그게 무슨 말입니까?"

"지금 저 여자가 우리 아이를 만지려고 해서……."

"까꿍!"

순간, 엘리니아가 손가락을 내밀자마자 아이가 그녀의 손가락을 덥석 잡았다.

그리고는 그녀를 향해 등을 돌려 양팔을 벌리며 미소를 지었다.

"꺄하!"

"이제 기분이 좋아?"

환하게 미소를 지은 엘레니아가 아이를 안아 들자마자 아이는 뭐가 그리 좋은지 방긋방긋 웃어댔다.

그 모습을 보며 아이의 엄마는 물론이고 은우 역시 넋을 놓았다.

어째 엄마의 품보다 그녀의 품이 더 편하고 재미있는지 아이는 그녀에게서 떨어질 줄 몰랐다.

불사의 몸을 버리기는 했지만, 그녀는 신의 뜻을 인간에게 전하는 천족이다.

그녀의 몸에서 흘러나오는 기분 좋은 기운은 아이의 울음마저 그치게 하는 신비한 힘을 가지고 있는 모양이었다.

버럭 화를 내던 아이의 엄마는 신기한 듯 그녀를 바라볼 뿐 한동안 말을 하지 못했다.

요리하는 모습이나 아슬아슬하게 이불로 몸을 가린 그녀보다 아이를 돌보는 그녀의 모습이 훨씬 더 아름다운 듯했다.

은우 역시 그녀의 품에서 아이가 떠날 때까지 가만히 엘레니아를 바라볼 뿐이었다.

*　　*　　*

이영한의 소개장을 들고 찾아온 미국은 한국과는 또 다른 분위기를 가진 나라였다.

미국 최대의 도시인 뉴욕은 마치 도시를 칼로 잘라놓은 듯한 딱딱한 분위기였지만 우측통행을 기본으로 해서 그런지 시간이 지나면 지날수록 무척이나 익숙해지는 것을 느낄 수 있었다.

존 에프 케네디 공항을 나와 근방에서 렌터카를 빌린 은우는 곧장 그의 집을 찾아 차를 몰았다.

그의 집은 맨해튼에 위치하여 주소만 가지고도 상당히 찾기가 수월했다.

지은 지 상당히 오래되어 보이는 아파트 앞에 멈추어 선 은우가 로밍된 핸드폰으로 그에게 전화를 걸었다.

한국을 출발하던 당시에는 바빠서 통화를 못한다는 얘기를 전해 들었지만, 네 번을 넘게 전화해도 어쩐지 받을 생각을 하지 않는다.

"무슨 일이 있나?"

차에서 내려 엘레니아와 함께 나무로 만든 현관문 앞에 선 은우가 초인종을 누른다.

띠이이잉!

마치 컴퓨터 오류 신호와 비슷한 초인종 소리가 울리자 집 안에서 아주 느릿느릿한 인기척이 들려온다.

은우는 그가 평소에 즐겨 먹는다는 한국의 호두과자를 손에 쥔 채 그를 맞을 준비를 했다.

철컥!

이윽고 문이 열리자 상당히 노쇠한 여인이 은우를 맞이한다.

"…누구신가?"

은우는 그녀에게 이영한이 써준 소개장을 꺼내어 보여주며 말했다.

"다니엘 스톤 박사님의 친구이신 이영한 교수님께서 보내셨습니다. 박사님을 만나 뵐 수 있겠습니까?"

단정하게 넘긴 백발이 인상적인 노파는 은우에게 일단 안으로 들어올 것을 권했다.

"부인과 함께 들어와서 얘기를 듣게나."

오늘 들어 상당히 빈번히 듣는 말이지만, 부부라는 말은 들을 때마다 전혀 적응이 되지 않았다.

하지만 엘레니아는 그런 것은 전혀 신경 쓰지 않는 듯했다.

안으로 들어선 은우와 엘레니아에게 노파가 따뜻한 홍차를 한 잔씩 대접했다.

"벌써 다니엘이 들어오지 않은 지 삼주일이 지났는데, 어째 어제부터는 연락조차 되지 않아."

"연락이 되지 않다니요?"

"말 그대로일세. 얼마 전부터 다니엘과 연락이 되지 않아."

은우는 고개를 갸웃거린다.

"무슨 말씀인지 자세히 설명해 주시겠습니까?"

그의 물음에 노파가 천천히 이야기했다.

"나는 다니엘의 이모인 줄리아라고 한다네. 이 아이의 엄마가 돌아가셨을 때부터 약 10년 동안 가끔씩 돌봐주고 있지."

"이모님이시군요. 어쩐지 전체적인 분위기가 닮았다 했습니다."

"다니엘은 언니를 무척이나 많이 닮은 아이지. 그래서 우리

가족들이 이 아이를 얼마나 예뻐했는지 몰라."

그녀의 눈에 짧은 그리움이 스쳤다.

"한데 요즘은 어쩐 일인지 통화가 잘 되지 않아. 내가 보조키를 가지고 있어 집을 치워주거나 음식을 해놓고 가지만, 도통 얼굴을 볼 수가 없었지."

"그런 일이 있으셨군요. 하지만 박사님은 요즘 어지간해서는 통화를 하기 힘은 상태라고 했습니다. 그래서 그런 것 아니겠습니까?"

"나와 다니엘은 가족이야. 이제 살날도 얼마 남지 않은 이 늙은이의 전화도 받을 수 없단 말이야?"

전생에 은우가 보았던 다니엘의 인간성이라면 최소한 집안어른의 전화까지 일부러 받지 않을 사람은 아니었다.

게다가 지금은 친구의 제자가 미국으로 직접 건너와 거는 전화까지 받지 않고 있다.

여자관계가 복잡한 것 빼고는 그야말로 나무랄 데가 없는 그에게 과연 무슨 일이 생긴 것일까?

"혹시 연구소에는 전화해 보셨습니까?"

"자네가 이곳으로 오기 바로 전까지 그들과 통화를 하는 중이었다네. 하지만 그들 역시 그 아이가 어디에 있는지 잘 모른다고 하는군."

은우는 뭔가 좀 이상하다는 것을 느꼈다.

"죄송한 말씀입니다만, 그의 연구소가 어디에 있는지 알려주실 수 있겠습니까?"

그녀는 앞치마 주머니에서 뭔가를 주섬주섬 꺼내어 은우에
게 내밀었다.

"우리 집에 한가득 쌓인 다니엘의 명함일세. 이 주소로 찾아
가면 될 거야."

"감사합니다. 제가 그에게 무슨 일이 생겼는지 알아봐 드리
겠습니다. 가능하면 어서 집으로 돌아오라는 말도 전해 드리
겠습니다."

"그래주겠나?"

일어선 은우가 엘레니아와 함께 인사를 남기고 아파트를 나
섰다.

명함에 적힌 주소에 과연 그가 있을지 어떨지는 확신할 수
없지만, 그래도 은우는 차를 출발했다.

*　　　*　　　*

다니엘의 아파트에서 약 두 시간 정도 차를 타고 이동해야
도착할 수 있는 그의 연구소는 상당히 한적한 곳에 위치해 있
었다.

담쟁이넝쿨이 벽면을 가득 채운 6층짜리 건물은 적어도 100
년은 족히 넘게 이곳에 있었던 것으로 보였다.

벌써부터 화학물 냄새가 물씬 풍기는 것이 그가 이곳에 연
구소를 차렸다는 것을 어렵지 않게 알 수 있었다.

하지만 이상하게도 어쩐지 한창 연구를 진행 중이어야 할

연구소에 인기척이 느껴지지 않았다.

엘레니아 역시 은우와 같은 것을 느꼈는지 고개를 갸웃거렸다.

"뭔가 좀 이상한걸요? 분명 이곳은 과학에 대해 연구하는 곳이라고 하지 않았던가요?"

"그렇습니다. 한데 사람이 한 명도 있지 않은 것 같군요."

"이곳의 연금술은 어떤지 보고 싶었는데 아쉽게 되었네요."

은우는 근방에 혹시라도 민가가 있는지 알아보기 위해 다시 차를 몰았다.

미국의 시골은 한국과는 조금 다른 풍경을 자아내지만, 그 고즈넉하고 조용한 분위기는 역시 다르지가 않다.

자동차 소리가 마을 안쪽까지 그대로 들리는 듯하다.

차를 몰아 이동하던 은우는 마당에 빨래를 널고 있는 아낙을 보고는 즉시 차를 세웠다.

"저기, 실례합니다!"

은우의 부름에 30대 중반쯤 되어 보이는 여자가 고개를 들었다.

"무슨 일이시죠?"

"죄송합니다만, 말씀 좀 묻겠습니다."

하지만 어쩐 일인지 은우를 바라보는 눈에 경계심이 가득했다.

그녀는 은우를 가만히 바라보더니 이내 빨랫감을 들고 안으로 후다닥 뛰어 들어가 버렸다.

“미안해요! 저는 이만……."

“이, 이봐요!”

조그만 소리까지 멀리 울려 퍼지는 이곳에서 비밀은 있을 수 없다.

옆집에서 무슨 일이 있었는지 들은 주민들이 하나둘씩 안으로 들어가 버려 더 이상 수소문할 집이 없어져 버렸다.

엘레니아는 자신들을 피하는 마을 사람들을 보며 울상을 지었다.

“우리는 이곳에서 환영받지 못하는 사람들일까요?”

은우는 고개를 가로저었다.

“아닙니다. 아무리 이방인이라고 해도 이렇게까지 경계하는 나라는 그 어디에도 없습니다. 오히려 오지일수록 손님에게 관대한 편이죠. 무슨 일이 생긴 것이 분명합니다.”

은우는 그에 대해 좀 더 자세히 알아보기 위해 뉴욕으로 다시 되돌아갔다.

*   *   *

다니엘이 진행 중인 연구의 상당 부분을 지원하고 있는 콜롬비아 대학에 도착한 은우는 그가 최근까지 한 여인의 집에서 연구소까지 출퇴근하고 있었다는 사실을 알아냈다.

그녀는 미국에서 콜롬비아 대학 교환학생으로 온 사람으로, 지금은 대학원 생활을 하는 일본인이었다.

성격이 상당히 괄괄해서 은우를 보자마자 멱살을 쥐었다.

일본인 특유의 덧니와 유약한 체구에서 어쩜 그렇게 거친 언사가 튀어나오는지 의문이 들었다.

"그놈의 행방을 왜 나에게서 묻는 건데?!"

"연구소에는 사람이 아무도 없어 이곳까지 온 겁니다. 당신이 아니면 지금 그의 행방을 알 만한 사람은 아무도 없습니다."

은우의 말에 그녀가 고개를 갸웃거렸다.

"어째서 그가 연구소에 없다는 거지? 연구소 때문에 열 명이 넘는 여자를 한꺼번에 정리한 사람이야. 마지막으로 남은 내 집에서 먹고 자다 그나마도 아깝다고 아예 연구소로 들어간 작자라고."

"그가 연구에 몰두하는 중이었단 말입니까?"

"그럼 그 놈팡이가 달리 무슨 짓을 하겠어. 안 그래?"

은우는 자신이 이미 한발 늦었다는 것을 깨달았다.

다니엘에게 정확히 무슨 일이 있었는지 알 수는 없지만, 그는 지금 어디론가 잠적한 것이 분명했다.

하지만 이렇게까지 시기가 빠르다니 예상외의 일이다.

은우는 자신의 명함을 그녀에게 건넸다.

"만약 박사님께 연락이 온다면 저에게 문자라도 한 통 보내주실 수 있겠습니까?"

유난히 까칠한 그녀는 역시 버럭 화를 냈다.

"내가 어째서 너 따위에게 연락을 해야 하는 건데?!"

은우는 깊게 고개를 숙인다.

"아무쪼록 부탁드리겠습니다."

그리고는 곧바로 차를 타고 그녀에게서 멀어져 갔다.

*　　*　　*

은우의 전화를 받은 이영한이 고개를 갸웃거린다.

"도대체 그게 무슨 소리냐? 다니엘이 미국에 없는 것 같다니."

―자택은 물론이고 연구소에도 없습니다. 대학 역시 그의 행방을 모른다고 합니다. 심지어는 마지막으로 함께 지낸 내연녀조차 소식을 알 길이 없다고 하니 아무래도 실종신고를 내는 편이 좋지 않나 싶습니다.

이영한은 은우의 말에 긍정적으로 고개를 끄덕인다.

"그래, 내가 그의 외가에 전화를 하마. 대학을 다닐 때 자주 놀러 가곤 했으니 내 말은 믿을 수 있을 테니까."

―알겠습니다. 그럼 저는 조금 더 그에 대해 수소문해 보겠습니다.

"그렇게 해주면 내가 더 고맙지. 미워도 친구는 친구니까."

이윽고 이영한이 가물가물한 듯 뭔가를 떠올리며 메모를 시작한다.

"정확하지는 않지만 아직까지 뉴욕에 있는 단골 술집을 다닌다고 했어. 우리가 대학원을 다닐 때 자주 들르던 술집이지."

─알겠습니다. 그럼 일단 그곳부터 들르겠습니다.

"그럼 수고 좀 해주게."

이윽고 전화를 끊은 이영한이 걱정스러운 표정을 짓는다.

"이 바람 같은 놈이 또 어디를 간 거지?"

*　　　*　　　*

이영한에게 술집 이름과 주소를 받은 은우가 어둠이 내린 뉴욕의 뒷골목으로 들어섰다.

껄렁껄렁한 흑인들이 벌써부터 술에 취해 비틀거리며 소리를 지르는가 하면 남의 시선 따위는 아랑곳하지 않는 연인들이 진한 스킨십을 하기도 한다.

양철 쓰레기통 뚜껑 위에 토사물이 그대로 묻어 있는 뒷골목의 가장 구석에 드디어 술집 간판이 보인다.

흑, 백, 황인을 가리지 않고 젊은이들이 가득한 술집에 들어선 은우에게 바텐더가 다가와 물었다.

"칵테일? 아니면 맥주?"

은우는 적당히 마실 거리를 주문했다.

"나는 블랙러시안, 이 여자 분은 무알코올 칵테일."

"다해서 7달러."

주머니에서 팁까지 꺼내어 전달한 은우에게 능숙한 솜씨의 바텐더가 칵테일을 제조해서 내밀었다.

자기들끼리 술을 마시느라 정신없는 취객들은 공통적으로

그다지 시끄럽지 않다는 특징이 있었다.

"이곳은 원래 이렇게 조용한가?"

은우의 물음에 바텐더가 피식 웃으며 대답했다.

"당신 같으면 명문대학교에서 주폭으로 잘리고 싶겠어?"

"명문대?"

"이곳은 주로 가난한 콜롬비아 학생들이 찾는 곳이지. 아이비리그 학생들이라고 무조건 다 갑부는 아니니까 말이야."

은우는 그제야 두 사람이 왜 이곳을 단골로 삼았는지 알 것 같았다.

유독 사치를 싫어하는 이영한과는 무척이나 잘 어울리는 곳이었으니 단골이 되지 않으려야 않을 수가 없었을 것이다.

"이곳에 교수님도 한 분 오시지 않나? 내 스승님이 단골이라고 하는 것을 보니 그분 역시 이곳을 자주 찾을 것 같은데 말이야."

바텐더는 곰곰이 생각해 보더니 자신의 뒤에 걸려 있는 즉석사진 게시판을 가리키며 말했다.

"저 사람 말이야?"

은우는 그가 가리킨 사람이 바로 다니엘이라는 것을 금방 알 수 있었다.

"맞아. 저 사람이야."

바텐더는 그를 가리키며 알 수 없는 말을 한다.

"그런데 말이야, 저 사람 요즘 조금 이상한 것 같던데?"

"이상해? 어떤 점이?"

“내가 지금 아버지를 이어서 2대째 술집을 하고 있는데 말이지, 저 사람은 조금 이상해. 요 며칠 저렇게까지 무언가에 쫓기는 듯한 사람은 처음 보거든.”

“무언가에 쫓긴다? 정확하게 말하자면 어떤 것이지? 업무에 과중해도 그럴 수 있잖아.”

“흐음, 업무로 인한 스트레스라기엔 그 정도가 너무 심하지 않았나 싶어. 얼굴은 눈에 띄게 수척해져 있지, 잠은 도대체 얼마나 자지 못했으면 눈 밑이 아주 새까매져 있었지.”

“쫓기다니, 도대체 무엇에…….”

바텐더는 불현듯 무언가가 생각났는지 손뼉을 쳤다.

“아참! 아랍이니 어쩌니 하면서 자기를 지하실에 잠시만 숨겨달라고 하더군.”

“아랍?”

“말도 안 되는 소리라고는 생각했지만 내 아버지의 단골이라는 이유로 그냥 그러라고 했어.”

“지금도 지하실에 계신가?”

그는 고개를 저었다.

“그럴 리가. 무언가에 계속 쫓기는 중이었다니까. 한 삼 일 정도 처박혀 있다 별안간 사라졌는데 그 이후로는 볼 수가 없었지.”

“도대체 왜 그런 행동을 한 거지?”

“사람은 한 번씩 불안한 경험을 하잖아. 뭐 그런 맥락이 아닐까?”

다니엘을 뒤를 쫓아온 곳에서 은우는 더 큰 혼란을 느꼈다.

아무리 생각해 봐도 도저히 답이 나오지 않을 것 같다.

이윽고 자리에서 일어난 은우가 엘레니아를 데리고 다시 뒷골목으로 나왔다.

"아무래도 한국으로 돌아가 다른 방도를 찾아보는 것이 좋겠군요."

"저는 은우 씨가 가는 곳이라면 어디든 좋아요."

그녀는 그가 무슨 말을 하던 미소를 잃지 않는다.

이러니 모든 사람이 그녀를 두고 은우의 부인이라 착각하는지도 모른다.

이제 시간은 슬슬 자정으로 향하고 있었다.

이곳으로 오면서 구해놓은 숙소에 돌아가 잠시 휴식이라도 취할 요량으로 차에 오르려던 바로 그때였다.

자동차 문을 열려던 은우가 다짜고짜 렌터카 유리창을 박살내며 손을 집어넣었다.

쨍그랑!

퍼억!

"커헉!"

유리창이 산산조각 나며 한 남자의 얼굴에 파편이 그대로 날아가 박혔다.

이윽고 은우는 그의 멱살을 쥐어 잡아 그대로 끄집어냈다.

그러나 그 남자 또한 프로인지 쉽게 당하고 있진 않았다.

그 짧은 순간, 검은색 복면을 쓴 남자가 은우에게 권총을 꺼내어 조준하며 말했다.

"곧 죽을 놈이라고 고이 보내주려 했더니 아주 매를 버는군."

그리고는 음흉한 눈으로 엘레니아를 바라본다.

"으흐흐, 그리고 삼삼한 간식도 덤으로 가지고 오고 말이야."

핑핑핑!

장전한 탄창을 모두 소비할 때까지 권총을 쏘고 난 후 그의 미소는 경악으로 바뀌었다.

왼쪽 눈동자를 향해 날아간 총알이 너무나 허무하게도 그대로 찌그러져 내려온 것이다.

"이, 이게 도대체 무슨……."

은우는 권총의 총구를 손으로 잡고 그대로 힘을 주었다.

끼이익!

그러자 강철 합금으로 만든 권총이 너무나 허무하게 휘어져버렸다.

그러면서 은우는 그에게 물었다.

"나를 덮친 목적이 뭐냐?"

하지만 그는 이런 엄청난 일을 겪고도 정신을 차리지 못한 듯했다.

"퉤!"

그의 침이 은우의 안면에 달라붙어 걸쭉하게 늘어진다.

"크하하하!"

괴한의 멱살을 잡은 은우가 침을 닦으며 비릿하게 웃었다.

"오늘부로 네가 살아 있다는 사실을 뼈저리도록 후회하게 만들어주겠어."

이윽고 은우가 그의 목덜미에 손을 가져다 대자 괴한의 몸이 작은 변화를 일으켰다.

뚜둑.

은우가 혈도를 자극하자, 자꾸만 웃음이 나오는 지경이 되어버리는 소소점이 발동됐다.

"으헤헤, 으헤헤헤!"

정상적으로 흘러야 할 혈액이 뇌하수체를 자극하여 지속적으로 웃음이 흘러나오는 점혈로, 한번 당하면 시전자가 점혈을 거둘 때까지 계속되는 무공이었다.

고로 웃다가 숨이 막혀 죽어도 어쩔 수 없는 것이다.

"으, 으헤헤! 이 개새끼야, 도대체 무슨 짓을 한 거야? 으헤헤헤!"

"그렇게 웃다 허파가 터져 죽는다고 한들 아무도 신경 쓰지 않을 것이다. 그럼 나는 이만."

그대로 돌아서려는 은우에게 괴한이 미친 듯이 발을 붙잡았다.

"으헤헤! 씨발! 이러고 그냥 가면 나는 어쩌라고?!"

"그러게 내가 말하지 않았나? 태어난 것을 후회하게 될 거라고. 웃으면서 죽는 것 또한 커다란 축복 아니겠어?"

이윽고 괴한의 얼굴이 새빨갛게 달아오르며 그의 온몸에서

경미한 경련이 일어났다.

"으헤헤! 으헤헤! 제, 제발! 으헤헤!"

웃음을 멈출 수 없다는 것은 무척이나 괴로운 일일 것이다.

상상을 초월하는 고통이 온몸을 잠식하며 그의 의식이 점점 혼미해져 왔다.

급기가 바닥을 데굴데굴 구르며 웃던 그가 마지막 힘을 쥐어짜 내어 은우에게 다가왔다.

"으헤헤! 사, 살려주세요!"

만약 지나가던 행인이 보았다면 미쳤다고 손가락질했을 것이다.

하지만 지금은 자정이 지난 시간, 지나가는 행인도 별로 없다.

"이대로 웃다 죽어도 결과는 모두 내가 초래한 것임을 잊지 말도록."

정말로 차에 시동을 거는 은우에게 그가 황급히 소리친다.

"으헤헤! 시키는 것은 뭐든지 하겠습니다!"

애초에 은우는 이 괴한이 아랍인이라는 것을 알고 있었다.

복면 사이로 드러난 이목구비가 그것을 증언해 주고 있었으며, 아마도 바텐더가 말한 사람이 이 괴한이 아닐까 하고 생각하고 있었던 것이다.

드디어 한계에 달한 괴한의 목덜미에 다시 손을 가져다 댄 은우가 물었다.

"어때? 아직도 웃음이 나와?"

그는 황급히 고개를 젓는다.

"아, 아닙니다!"

슬쩍 미소를 지은 은우가 차의 뒷좌석을 가리키며 말했다.

"일단 타지그래."

아직도 경미하게 몸이 떨리는 그를 보며 엘레니아가 안쓰러운 표정을 지었다.

"괜찮아요?"

그녀의 말에 흠칫 놀란 그가 재빨리 자동차 구석에 쪼그려 앉았다.

그런데 영 행동이 좀 전 같지 않았다.

연신 은우를 힐끗힐끗 훔쳐보며 몇 가지 단어를 읊조려 댔다. 발음도 불명확하여 뭐라고 하는지 알아들을 수가 없었다.

아무래도 방금 전 고문 때문에 살짝 미쳐 버린 듯했다.

하지만 조만간 제정신으로 돌아올 것이다.

"그래, 미친 쪽이 다루기 더 편할지도 모르지."

은우는 피식 웃고서 그대로 자신의 숙소로 향했다.

CHAPTER 08
그의 흔적을 찾아서

　은우가 손만 살짝 들어도 움찔하는 지경에 이르렀음에도 그는 자신의 목적을 모두 털어놓는 것에 대하여 상당한 거부감을 가지고 있었다.

　"끝까지 말하지 않겠다는 건가?"

　"그, 그게……."

　죽음을 초월하는 고통을 맛본 사람치고는 상당히 대담한 반응이다.

　"안 되겠군."

　하지만 은우가 자리에서 일어나자 그가 곧바로 고개를 숙였다.

　"죄, 죄송합니다! 제 생각이 짧았습니다! 모두 말씀드리겠습니다!"

다시 자리에 앉은 은우가 물었다.

"그래, 그래야지. 자아, 그럼 한번 말해봐. 나를 해치려 했던 이유가 뭐야?"

"…자꾸 당신이 다니엘 스톤을 찾으려 하니 아랍연맹에서 당신을 죽이라 청부한 겁니다."

은우의 고개가 좌로 쏠린다.

"그게 무슨 소리지? 알아듣게 설명해 봐."

"그, 그게 그러니까……."

이번에는 액션 대신 그의 목덜미에 재빨리 손을 가져다 대려 한다.

그러자 그가 경기를 일으키며 소리쳤다.

"아, 알겠습니다! 수소발전을 저지하기 위해 아랍연맹에서 다니엘 스톤 박사를 납치해서 감금한 상태입니다! 그래서 그가 발견되지 않도록 하기 위해 그의 지인들은 모두 사라지고 있는 중입니다!"

"아랍연맹?!"

그제야 은우는 일이 어떻게 돌아가고 있는지 간파할 수 있었다.

수소발전은 지금까지 주로 사용되고 있는 천연 에너지를 모두 뛰어넘을 수 있는 혁신적인 발견이다.

하지만 수소발전이나 전기 모터의 발달은 중동을 비롯한 여러 산유국에게는 아직 시기상조의 일로 그렇게 썩 마음에 드는 발명은 아니었을 것이다.

　가뜩이나 불안한 시국에 원유 값까지 폭락한다면 중동 국가들의 입장으로서는 무척이나 난감한 상황에 이르게 될 것이다.

　"그렇다면 지금 그는 어디에 감금되어 있나?"

　"그, 그게……."

　은우는 자신의 인내심이 한계에 달했다는 것을 느끼고 있다.

　"다시 한 번 말꼬리를 흐린다면 웃다 피를 토하고 죽는 것이 어떤 느낌인지 깨닫게 해주겠어."

　이윽고 눈물을 머금은 그가 입을 열었다.

　"그는 지금 러시아와 중국의 국경지대에 숨겨져 있습니다."

　은우는 자리에서 그를 잡아 일으키며 말했다.

　"좋아, 지금부터 너는 나와 함께한다. 알겠어?"

　순간 화들짝 놀란 그가 은우에게 되물었다.

　"지, 지금부터 말입니까?!"

　"싫은가? 이것 참 섭섭하군."

　고개를 까딱거리는 은우를 보며 몸을 떤 그가 조심스럽게 말한다.

　"아, 알겠습니다. 그럼……."

　"그렇지? 진즉에 그렇게 할 것이지."

　울상을 짓고 있는 그에게 엘레니아가 다가가 말했다.

　"괜찮아요?"

이 세상 그 어떤 여자보다 아름다운 그녀의 손길이 닿자 그의 얼굴에 어느새 화색이 돌았다.

"괘, 괜찮습니다."

"그러게 왜 그렇게 나쁜 짓을 한 거예요?"

맹목적으로 이루려 하는 궁극적인 목표만 묻는 은우와는 다르게 인간적인 면모에 대해 질문하는 그녀에게 그는 잠시 망설이는 듯한 표정을 지었다.

"말하기 싫으면 하지 않아도 괜찮아요. 원래 개개인에게는 그만한 사정이 있는 법이니까."

그리고는 자리에서 일어서려는 그녀에게 그가 입을 열었다.

"사실은… 집에 어린 동생이 열 명이나 있습니다."

"부모님은요?"

그는 고개를 저었다.

"제가 어린 시절 내전에 휩쓸려 돌아가셨습니다. 그래서 지금 아이들을 건사할 수 있는 사람은 저밖에 없습니다."

"그렇군요. 하지만 사람을 해치는 일은 옳은 일이 아니잖아요?"

엘레니아의 지적에 그가 고개를 떨구었다.

"…알고 있습니다. 스스로 떳떳하지 못한 형이 되고 있다는 것은 알고 있지만, 그렇다고 동생들을 굶길 수는 없으니까요."

부모를 대신해서 10남매의 생계를 책임지는 그의 어깨는 상당히 무거워 보인다.

이제까지 그에게 무슨 사정이 있는지 알아보려 하지도 않았던 은우는 조금은 멋쩍은 표정을 지었다.

"크흠, 진짜로 10남매를 혼자서 키우고 있나?"

그는 가슴속에 고이고이 간직했던 사진을 꺼내어 은우에게 보여주었다.

사진 속에는 얼굴 곳곳에 흙을 묻어 있는 아이들의 모습이 들어 있었다.

"둘째는 저와 연년생으로 한 살 차이입니다. 그 아래로도 쭉 연년생이죠."

은우는 사진을 보며 고개를 갸웃거린다.

"잠깐, 둘째와 연년생에 열 남매가 쭉 그렇다고? 그럼 넌 몇 살이지?"

"올해로 열아홉이 되었습니다."

그의 나이가 20대 후반이라고 철석같이 믿고 있던 은우는 다소 충격을 받았다.

"이, 이 외모가 열아홉이라고?"

그러자 그는 머쓱한 듯 고개를 긁적였다.

"그런 말 많이 듣습니다."

하지만 놀랍도록 노안인 소년의 외모보다 충격적인 것은 이제 겨우 열아홉 소년이 사람을 해치면서까지 돈을 벌고 있다는 것이다.

"10남매를 벌어 먹일 방법이 정녕 이것밖에 없었단 말이야?"

"아무것도 없는 저로서는 도저히 방법이 없었습니다. 형제

들이 뿔뿔이 흩어지는 것은 부모님이 원치 않으셨고, 그렇다
고 제 스스로 고아원에 형제들을 맡길 수는 없었으니까요."

가만히 앉아 소년을 바라보던 은우가 한 가지 제안을 했다.

"좋아, 그렇다면 너에게 큰돈을 벌 수 있음은 물론이고 안정
적인 직장까지 가질 수 있는 기회를 주도록 하지."

소년은 은우의 말에 고개를 가로저었다.

"이미 그런 제안은 많이 들어봤습니다. 제가 저들을 배신하
고 당신의 말을 듣는다면 제 동생들은 아마 무사하지 못할 겁
니다."

"네 동생들의 안전은 내가 보장한다. 너와 내가 합만 잘 맞
추면 못할 것도 없지."

"하지만……."

은우는 그런 소년을 설득했다.

"인생을 살면서 한 사람에게 찾아오는 기회는 그리 흔치 않
아. 그래서 만약 기회가 왔을 때 기회를 잡을 준비가 되어 있
지 않다면 남는 것은 후회뿐이지."

하지만 소년은 아직까지 그를 믿지 못하는 듯했다.

"어째서 당신이 저에게 이런 제안을 하는 것입니까? 저는
당신을 해치려 했던 사람인데……."

어린 나이에 가장으로서 생활하다 보니 계산하는 습관이 몸
에 밴 듯하다.

과연 자신에게 왜 이런 대접을 하는 것인지 저울질하여 은
우의 진심을 간파하려는 의도로 은우를 시험하는 것 같다.

그런 소년에게 은우는 등가교환이 이뤄질 수 있는 조건을 달았다.

"다니엘 스톤 교수님께서 만약 생환하신다면 그가 가질 가치는 상상을 초월한다. 잘 알겠지만 현재 유가는 산유국 연방인 중동에서 좌지우지한다고 해도 과언이 아니지. 그런 만큼 다니엘 스톤 교수님의 기술이 상용화된다면 산유국의 입지를 위협할 정도가 될 테지."

"그럼 그 사람을 구해내기만 한다면 큰돈을 벌 수 있다는 말입니까?"

"돈을 버는 것은 물론이고 인류의 발전에 기여할 수 있는 의미 있는 일을 할 수 있어. 어때? 이제 내가 너에게 그런 조건을 맞춰주려는 이유를 알겠나?"

"하지만 만약 실패한다면……."

"어차피 지금의 네가 중동으로 돌아간다 해도 동생들이 위험하기는 마찬가지다. 엄연히 말해 너는 임무에 실패한 상태니까. 아무리 10남매가 불쌍하다지만 지금 스스로 목숨을 끊는 것은 어려운 일이 아닌가?"

궁지에 몰린 그는 짧은 시간 엄청나게 깊은 고뇌에 빠져들었다.

은우와 엘레니아는 그의 결정을 그저 지켜볼 뿐이다.

이윽고 그가 조심스럽게 입을 열었다.

"좋습니다. 그럼 제가 박사님을 안전하게 구해내기만 한다면 제 동생들은 어떻게 해주실 겁니까?"

　"한국으로 데려와 나의 보호를 받게 될 거다. 만약 기회가 있다면 미국과 같은 선진국으로 유학을 갈 수도 있겠지. 국가적인 문제는 내가 알아서 해결하겠다."

　길고 길었던 소년의 고뇌가 끝을 보인다.

　"알겠습니다. 최선을 다해 당신을 돕겠습니다."

　그제야 엘레니아가 미소를 지었다.

＊　　＊　　＊

　뉴욕 시청 앞, 공중전화 박스.

　모바일 폰의 보급으로 인하여 공중전화의 수요가 급감하기는 했지만, 여전히 철거는 되지 않은 상태이다.

　이슬이 내린 아침, 은우가 10남매의 가장 이브라힘과 함께 공중전화 박스 앞에 섰다.

　이브라힘의 손에는 작은 쪽지가 쥐어져 있는데, 다음 지령으로 받은 암호를 해독한 것이다.

　2차 세계대전 당시, 무전과 유선 통화를 도청하는 정보전이 한창이었던 탓에 암호가 발달하게 되었다.

　사령부의 명령이나 작전지휘소의 작계가 적에게 발각되지 않는 것은 전쟁을 수행함에 있어 가장 중요한 요인이었기 때문이다.

　그 이후로 암호는 계속해서 발전하였고, 이제는 약속된 암호를 정형화한 책이 없으면 해독을 할 수 없을 정도였다.

오늘 날짜와 날씨, 그리고 시간에 맞춰 나열된 암호 해독책의 기호를 차례대로 써 내려가니 전화번호 한 개가 나온다.

그리고 끄트머리 네 글자를 해독하니 신호를 두 번 울리고 끊으라는 말이 되었다.

"이 정도면 제아무리 전문가라도 해독할 수 없겠군."

"미국에서 활동하자면 국가 정보기관의 눈을 피할 수 있을 정도의 시스템이 필요하니까요."

이윽고 이브라힘은 전화기에 동전을 넣고 번호를 누른다.

뚜우, 뚜우.

암호대로 두 번 신호가 울린 후 전화를 끊자 역으로 전화가 울려온다.

따르릉!

공중전화 역시 전화를 받는 기능이 존재한다.

하지만 이렇게 역으로 전화를 걸자면 일반적인 회선으로는 불가능하다.

아랍연맹의 저력이 어느 정도인지 깨닫게 되는 단적인 장면이다.

이브라힘이 전화를 받자 상대는 모스 부호로 지령을 전달한다.

툭투, 툭툭툭.

이 역시 암호화되어 있어 지금 날짜와 시간, 그리고 날씨에 따라서 다시 해독을 해야 한다.

재빨리 종이에 지령을 메모한 이브라힘이 전화를 끊는다.

그리고 다시 암호를 해독하여 문장을 만들어낸다.

내일 오전 10시 10분 30초, 엠파이어스테이트빌딩 40층 네 번째 화장실 두 번째 칸.

정확히 초까지 헤아려 가며 지령을 전달하는 치밀함은 정말이지 혀를 내두를 지경이다.
하지만 이런 치밀함도 내부 공조자를 데리고 있다면 아무것도 아니다.
내용을 모두 암기한 두 사람은 메모한 종이를 태운 후 곧바로 그 자리를 떠났다.

*　　　*　　　*

엠파이어스테이트빌딩 40층에는 미국 최대의 출판사인 J&Maxn사가 있다.
사무실 내부로 들어가자면 출입증이 있어야 하겠지만, 그저 40층에 있는 화장실을 이용하는 것은 별다른 절차가 필요하지 않다.
은우와 이브라힘은 혹시 모를 이목을 피하기 위해 지하주차장부터 38층까지는 엘리베이터를 타고, 그 이후에는 비상계단을 이용하여 40층까지 걸어서 이동했다.
그리고 정확히 오전 10시 10분 10초, 화장실 넷째 칸에 앉은 은우가 접선자를 잡을 타이밍을 기다리고 있다.

어린 나이지만 오랜 히트맨 생활로 다져진 이브라힘에게서 긴장감이란 찾아볼 수 없다.

오히려 아주 당연하다는 듯 화장실 두 번째 칸의 문을 열고 안으로 들어갔다.

잠시 후, 190㎝에 달하는 장신이 이브라힘과의 접선을 위해 화장실로 들어섰다.

정확히 30초가 되자, 그는 이브라힘이 들어가 있는 두 번째 칸에 노크를 보낸다.

똑똑.

그러자 이브라힘은 한 번 응수하여 자신의 존재를 알린다.

똑.

간단한 확인 절차가 끝나자 탐스러운 백금발의 남자가 화장실 문을 열었다.

"오랜만이군요."

"그러게 말입니다."

두 사람은 서로 안면이 있는 듯 먼저 악수를 나누었다.

만나서 인사를 하자마자 백금발의 청년은 이브라힘에게 은우를 사살한 것에 대한 증거를 요청했다.

"어떻게 죽였는지 그 정황에 대해 설명해 주십시오. 그리고 그 증거도 함께 말입니다."

이윽고 이브라힘이 은우에게 신호를 보냈다.

"크흠!"

순간, 은우는 자신의 주머니에 넣어두었던 전파 수신 차단기의 전원을 켰다.

치이이익!

청년은 신호가 끊어지는 소리를 듣고는 뭔가 일이 잘못되고 있다는 것을 깨달았다.

"이, 이게 뭐하는 짓입니까?"

바로 그 후, 은우가 화장실 칸막이 사이로 몸을 날려 두 사람 앞을 향해 공중제비를 돌았다.

그의 발이 정확하게 남자의 정수리를 타격했다.

퍼억!

"커헉!"

그리고는 곧바로 혈도를 짚어 전신이 딱딱하게 굳어버리는 상태로 만들었다.

"좋아, 지금부터 약 30분간은 일어날 수 없는 상태야."

은우의 말에 이브라힘은 미리 챙겨둔 여행용 가방에 그를 대충 구겨 넣었다.

건장한 청년 한 명은 거뜬하게 들어갈 정도로 널찍한 가방으로 특수용접으로도 자를 수 없는 강도이다.

제아무리 특수한 훈련을 받았다고는 하지만 절대로 이곳에서 빠져나갈 수는 없을 것이다.

가방에 달린 바퀴를 이용하여 자연스럽게 화장실을 빠져나간 은우는 곧바로 지하주차장으로 향했다.

도청이 끊어진 지 5분, 이곳에서 2분만 더 머물러도 아랍연맹에서 눈치챌 것이다.

재빨리 트렁크 안에 가방을 집어넣은 은우가 운전대를 잡고 유유히 건물을 빠져나갔다.

＊　　　＊　　　＊

은우가 미국에서 다니엘 스톤을 구출하는 동안 그의 의뢰에 의해 해결사 한 명이 레바논으로 파견되었다.

서울 동대문 뒷골목에서는 최고로 손꼽히는 그는 국제적으로도 없어진 사람을 찾는 데 도가 튼 사람이다.

주소와 전화번호를 가지고 레바논에 도착한 그는 10명의 아이를 태우고 가기 위해 작은 유람선 한 척을 구매했다.

이름만 남은 운수 회사를 인수한 은우 덕분에 10남매는 그저 한국으로 유학을 간다는 이유로 여권과 비자를 발급받을 수 있었다.

물론 장기 체류를 위한 비자를 발급받지는 못했지만 지금 중요한 것은 남매들의 안전이다.

비자는 여유가 생기는 대로 발급 받으면 되는 것이고 일단 한국에 도착하는 것이 관건이었다.

미리 남매와 연락을 취한 이브라힘 덕분에 좀 더 수월하게 이사를 할 수 있게 되었다.

레바논의 한 허름한 주택 뒷골목에 화물차를 세워둔 그가 아이들의 짐을 차례대로 실었다.

"꼭 필요한 옷가지만 챙겨. 어차피 이런 것들은 모두 가져가지도 못한다."

하지만 그런 그에게 이브라힘의 둘째 동생이 버럭 화를 낸다.

"그렇지만 한국까지 가자면 필요한 것이 한둘이 아니라고요. 알긴 알아요?"

"당연하지. 나 또한 너희를 데리러 오느라 바다를 건넜거든. 하지만 그런 물건까지 일일이 챙기려면 시간이 없어. 어차피 한국에서 새로운 물건을 구매하기로 했으니 일단 차에 타는 것을 목적으로 한다."

그는 옷 바구니만 담고 난 후 다른 물건들은 모두 땅바닥에 내팽개쳤다.

그러자 그녀가 벼락같이 화를 냈다.

"왜 이래요?! 이게 없으면……."

"얼른 출발하지 못하면 평생 네 오빠는 볼 수 없을 거다. 이 물건이 오빠보다 중요하다는 건가?"

"그건 아니지만……."

"그럼 어서 타라."

오빠 얘기가 나오니 기가 한풀 꺾였다.

짐을 덜어내자 이사가 훨씬 수월해졌다.

그리고 약 5분 후, 10남매를 태운 차가 항구를 향해 달리기 시작했다.

*　　*　　*

좌락!

의자에 손발이 모두 묶인 미국인 청년은 말도 안 되는 고문을 해대는 통에 정신이 이상해질 판이었다.

도대체 어찌 된 영문인지 죽기 직전까지 웃다 폐에 바람이 차서 기절하면 다시 물이 얼굴로 들어차 정신을 차린다.

그리고 다시 웃고 정신을 잃고의 반복이다.

"우혜혜혜혜! 도, 도대체 나에게 왜… 우혜혜혜!"

"궁금한 것이 있는데 도저히 알려줄 생각이 없는 것 같으니 그렇지. 어때, 죽기 직전까지 웃는 기분이?"

청년은 분명 웃고 있지만 눈에서는 눈물이 흐르고 있었다.

"우혜혜혜! 씨발!"

웃음이 죽기 직전까지 나온다는 것은 인간이 감당하기엔 너무나 힘겨운 고문이다.

하지만 청년은 악착같이 버티며 은우의 물음에 대답할 생각을 하지 않았다.

실로 엄청난 인내심이었다.

정신이 몽롱해지며 다시 눈앞이 흐려진다.

"우혜혜혜……."

이번에는 그가 기절할 수 없도록 곧바로 따귀를 후려쳐 물을 뿌릴 수고를 덜어낸다.

짜악!

“커헉! 헤헤헤헤!”

어떤 짓을 해도 웃음이 나오는 것을 보면 점혈을 제대로 당한 모양이다.

그 모습을 바라보며 이브라힘은 상당히 씁쓸한 표정을 지었다.

“저러다 죽는 것 아닙니까?”

“죽어도 할 수 없지. 이대로 살려줄 수는 없으니까.”

“그건 그렇습니다만……..”

웃음이 멈추지 않는 끔찍한 경험을 한 이브라힘으로서는 이 상황이 그저 살 떨리게 무서울 뿐이었다.

이제는 기절 주기가 짧아지며 그의 고통은 점점 더 극에 달해간다.

“우헤헤헤헤! 씨발! 그래, 내가 다 말해줄게! 그러니 이것 좀… 우헤헤헤헤!”

“진심인가? 혹시라도 잔꾀를 부리고자…….”

“우헤헤! 지금 이 상황에 거짓말을… 우헤헤, 하겠어?!”

“흐음, 만약 약속을 어길 시엔 좀 더 끔찍한 고문을 해주겠어.”

“무, 물론이다! 우헤헤헤!”

세상에 이것보다 더 악독한 고문도 있단 말인가? 이브라힘은 경악에 찬 눈으로 은우를 바라보았다.

하지만 그는 아랑곳하지 않은 채 점혈을 풀어주었다.

그리고는 곧바로 웃음이 멈춘 그가 축 늘어진 눈으로 은우를 바라본다.

"지, 지독한 놈!"

"아직 정신을 못 차린 모양이군. 그렇다면……."

청년은 몸서리치며 고개를 젓는다.

"아, 아니! 절대로 아니다! 그러니……."

그제야 손을 거둔 은우가 자리에 앉는다.

"그래, 어디 한번 진짜 정신을 차렸는지 보자고. 박사의 위치는?"

"러시아 국경지대 안쪽에 있다. 군을 통해 로비한 우리를 제외한 그 누구도 들어갈 수 없지."

"이중 삼중으로 숨겨놓았군."

은우는 그가 앉은 의자 옆으로 다가가 물었다.

"너에겐 두 가지 선택권이 있다. 나와 함께 러시아로 들어가든가 이곳에서 죽든가. 물론 죽을 때는 세상에서 가장 지독하고 악랄한 방법으로 아주 천천히 죽어갈 것이다. 어떻게 할 텐가?"

이를 악문 그가 고개를 끄덕였다.

"조, 좋다. 하지만 러시아에서 박사를 꺼내오는 것은 불가능하다."

"어째서이지?"

"우리가 러시아 국경지대에 그를 숨겨놓은 이유가 무엇이겠나? 어지간해서는 뚫을 수도, 나갈 수도 없기 때문이다. 만약 내가 그가 있는 곳까지 당도한다고 해도 빼내는 것은 절대로 불가능하다.”

은우는 고개를 저었다.

“길고 짧은 것은 대봐야 아는 거지. 일단 러시아로 갈까?”

“하지만 내 목숨이…….”

“어떻게 죽으나 죽는 것은 마찬가지다. 선택은 네가 하는 것이다. 알겠나?”

양자택일의 상황. 그는 끝내 은우를 따르기로 했다.

“조, 좋아. 하지만 박사를 구해내면 나에게 돌아오는 것이 있었으면 한다.”

“목숨을 건지는 것으로는 모자란 모양이지?”

“어차피 죽을 각오로 가는 것이라면 뭔가 얻는 것이 있어야지.”

그의 제안에 은우가 가방에서 무기명 채권 다발을 꺼내어 들었다.

“이것은 한국에서 발행한 무기명 채권이다. 한국에서 환전하면 10억은 족히 받을 수 있지.”

순간, 그의 눈이 반짝거렸다.

“시, 십억?”

“그렇다. 이곳을 떠나 박사가 있는 곳까지 가는 데 10억, 그리고 박사를 구출하면 40억을 추가로 지급하지. 어때?”

한국 돈 50억은 일반인의 능력으로는 만지기 힘든 금액이다.

죽을 고비를 한 번 넘긴 그는 은우의 제안을 흔쾌히 받아들였다.

"아, 알겠다. 하지만 절대로 약속을 어기는 일은 없었으면 좋겠군."

"후후, 너야말로 나를 엉뚱한 곳으로 데려갔다간 상상하기조차 싫은 일을 당하게 될 거다. 명심해라."

조금은 불안한 눈빛의 청년과 이브라힘이 은우를 따랐다.

＊　　＊　　＊

지하 세계와 중간계를 잇는 징검다리, 인간들은 이것을 두고 세상의 끝이라 불렀다.

이곳까지가 중간계이며 그 너머로는 불길과 화염이 가득한 지옥이 기다리고 있다는 것을 잘 알고 있기 때문이다.

처절한 비명 소리가 울려 퍼지는 유황지옥의 한가운데, 명계를 지배하는 마왕 아수스가 타락한 영혼들의 원기를 빨아 마시고 있었다.

꺄하아아!

흰색 결정체가 되어 천계로 날아가지 못한 영혼들은 모두 지옥이라 불리는 이곳으로 떨어져 평생 갚을 수 없는 죄를 짊어지게 된다.

그리고 그 영혼들은 심장을 빼앗긴 아수스의 영혼을 치료하는 데 모든 것을 희생하는 것이다.

7미터가 넘는 키와 검붉은 피부, 그리고 검은색 눈동자의 아수스가 자신의 머리에 달린 뿔을 잡은 채 고통에 몸부림친다.

"크아아악!"

심장을 대신할 원동력으로 선택한 영혼의 흡수는 그의 육신에 엄청난 고통을 가져오고 있다.

끊임없는 고통의 연속. 아수스는 고통 속에서 오로지 한 사람의 얼굴을 떠올린다.

"카미엘! 카미엘!"

10년 전, 자신의 심장을 통째로 드러내 흡수해 버린 인간들의 영웅 카미엘의 얼굴이 아직도 그의 머릿속에 남아 씻을 수 없는 오명과 고통을 준다.

하지만 고통과 오명보다 심각한 문제는 그의 몸이 점점 허물어져 가고 있다는 것이다.

이대로라면 앞으로 3년을 장담하기 힘들 듯하다.

핏빛으로 물든 권좌 옆에는 그의 딸 베리엘라가 걱정스러운 표정으로 앉아 있다.

"아바마마……."

결국 아수스는 불똥이 섞인 피를 게워내고 만다.

"쿨럭!"

"아바마마!"

점점 자신의 몸이 허물어져 가는 것을 느끼던 아수스는 딸의 손을 잡는다.

"딸아, 어차피 나는 이미 끝났다. 그것은 네 머리보다 가슴이 먼저 느끼고 있을 것이다."

베리엘라는 아버지의 나약한 모습에 화들짝 놀라 눈을 동그랗게 뜬다.

"그, 그런 나약한 말씀 마시옵소서."

"인정할 것은 인정해야 후일을 도모할 수 있는 법. 어차피 지금 이 상태로 중간계로 올라가는 것은 무리다. 게다가 중간계로 올라가는 것이 아니더라도 우리의 세상은 점점 무너져가고 있지."

아수스는 자신의 권위를 상징하는 명왕대검을 꺼내 들었다.

끼아아앙!

마왕의 피로 담금질한 검붉은 검신이 거친 울림을 내뱉으며 그 모습을 드러냈다.

"이제부터 네가 이곳을 다스려 후일을 도모해야 할 듯하구나."

"아바마마!"

"마족들에게는 내가 잘 설명할 것이다. 그러니 너는 다시 천계로 올라가 우리의 터전을 되찾는 데 집중하거라."

마왕의 피로 담금질한 대검을 넘긴다는 것은 곧 자신의 몸을 희생하여 다음 마왕을 만들어낸다는 뜻이다.

아수스는 자신의 세계를 살리기 위해 모든 것을 던질 준비를 하고 있었던 것이다.

그녀는 마왕이자 자신의 아버지에게 무릎을 꿇은 채 간청한다.

"아바마마, 아니, 마왕 폐하, 어차피 폐하의 몸이 허물어지는 데 3년이라는 시간이 남아 있사옵니다. 그렇다면 소녀가 그 안에 카미엘의 심장을 도려내 오겠사옵니다! 그러니 왕위를 계승한다는 명은 거두어주소서!"

"카미엘의 심장을 도려내자면 영혼이 다 타버릴지도 모를 길을 걸어가야 한다. 네가 없다면 우리도 없다는 것을 정녕 모르겠느냐?"

"하지만 폐하가 없이는 마계도 없사옵니다!"

아수스는 자신의 가장 뛰어난 수하이자 충복인 딸을 보며 깊은 고민에 빠진다.

그러던 중 최상위 마족 네 명이 그의 앞에 모습을 드러냈다.

"폐하, 신 오리엔, 공주님을 위해 제 영혼을 바칠 준비가 되어 있사옵니다!"

"통촉하여 주시옵소서!"

함께 고개를 숙이는 그들을 보며 아수스는 깊은 한숨을 내쉰다.

"차원의 틈을 뚫자면 어떤 고통을 감수해야 하는지 잘 알고 있겠지?"

"알고 있사옵니다! 이 한 몸 던져 그 찢어 죽일 카미엘과 천족 쓰레기들을 쓸어버릴 수 있다면 이깟 영혼쯤이야 백만 번이라도 더 던질 수 있사옵니다!"

"통촉하여 주시옵소서!"

최상위 마족 두 명의 영혼으로 방어막을 만든 후 그 안에 완충제 역할을 할 두 개의 영혼을 집어넣은 후에야 차원의 틈을 빠져나갈 수 있다.

그것조차 성공할지 실패할지 알 수 없지만, 마족들은 자신들의 영혼을 희생해서라도 이 일을 완수하고 싶은 것이다.

아수스는 그제야 작게 고개를 끄덕인다.

"좋다, 그렇다면 너희 네 명과 베리엘라가 반드시 카미엘의 심장을 산 채로 뽑아 오너라."

마왕 아수스의 명령이 떨어지자, 마족들은 불길이 일렁이는 바닥에 머리를 찧었다.

쿵!

"충!"

함께 머리를 찧는 베리엘라의 얼굴에 결연한 의지가 담겨 있었다.

이윽고 아수스가 보는 앞에서 상급 마족 네 명이 목숨을 끊었다.

푸하악!

육신에서 이탈한 영혼들이 베리엘라의 몸을 감싸자, 그녀의 영혼 역시 서서히 육신의 탈을 벗기 시작한다.

최상위 마족 네 명의 영혼이 만들어낸 강력한 영기가 그녀의 영혼을 고통 없이 분리시켜 준 것이다.

그리고 잠시 후, 그녀의 영혼이 강력한 빛과 함께 차원의 틈을 향해 빨려 들어가기 시작했다.

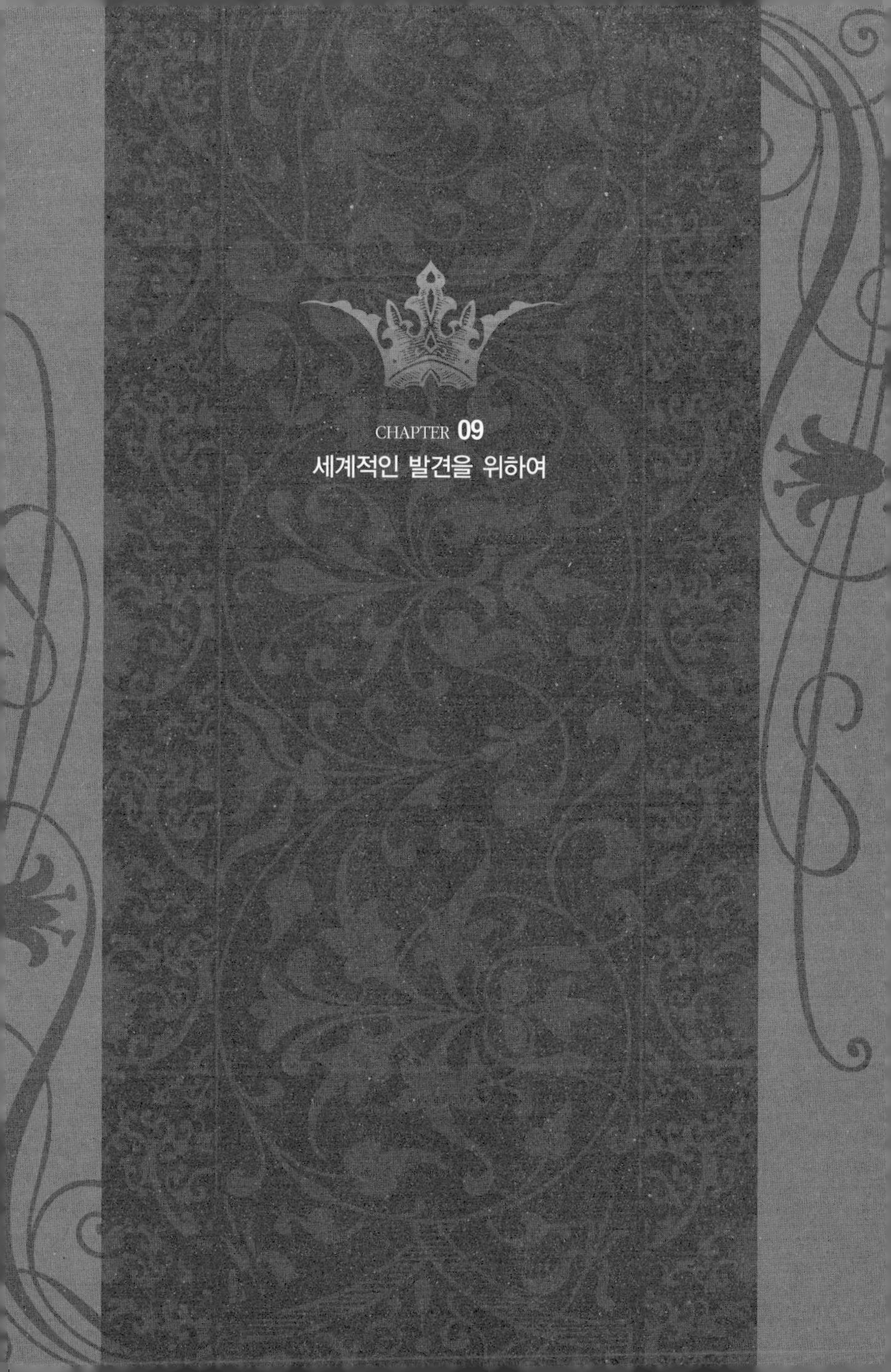

CHAPTER 09
세계적인 발견을 위하여

러시아 국경지대까지 오는 것은 그리 어려운 일이 아니었다.

어차피 중국에서 육로를 경유하면 블라디보스토크를 지나게 되어 있다.

그렇기 때문에 생각보다 인구의 유동도 많은 편이며 군사들의 태도 또한 상당히 우호적이다.

하지만 문제는 다니엘이 있다는 오두막까지 도달하는 것이다.

검문소에서 그가 있는 곳까지 가려면 약 3㎞를 이동해야 하는데, 그것이 말처럼 쉽지가 않다.

감시카메라가 100m당 한 대 수준으로 널려 있는데 그런 군

사 기밀 지역에 다가선다는 것은 불가능에 가까웠기 때문이
다.

그러나 모든 일에는 해법이 있게 마련이다.

은우는 블라디보스토크 시내에서 국경지대로 원정을 다닌
다는 매춘부들과 접촉했다.

금발의 미녀들이 줄을 지어 선 사무실에 들어선 은우에게
포주는 특이하다는 듯 고개를 갸웃거렸다.

"왜 하필이면 국경지대에 들어가는 아가씨만 찾는 거요?"

"그냥 사람의 취향이랄까? 나도 국경지대에 근무한 적이 있
어서 그쪽 아가씨들이 화끈하다는 것을 잘 알고 있거든."

포주는 은우를 보며 음흉한 미소를 짓는다.

"으흐흐, 뭘 좀 아는 양반이군."

거기에 은우가 좀 더 말을 보탠다.

"그리고 기왕이면 국경지대에서 그 짓을 하고 싶은데 말이
야. 괜찮겠소?"

포주는 은우의 질문에 폭소를 터뜨린다.

"푸히히히! 취향 진짜 특이한 사람이네. 안 될 거야 없수다
만, 굳이 국경지대까지 들어가야 하나?"

"내가 좀 특이해서 말이지. 국경지대에서 하면 좀 더 벌떡벌
떡 선다고 해야 하나?"

이쯤 되니 근처에 있던 아가씨들도 슬슬 은우를 보며 키득
거리기 시작했다.

하지만 은우는 그에 아랑곳하지 않은 채 아가씨들의 프로필

을 바라보았다.

"정말 여기서 초이스하면 풀 서비스를 받을 수 있는 거요?"

"설마하니 내가 사람 가지고 장난칠까 봐? 그렇게 장사하면 어떻게 국경수비대를 상대로 장사하겠어?"

불법 또한 상도가 있는 법일까? 그는 여기서 자신의 사업 철학까지 논한다.

은우가 원래의 가격에 세 배를 지불했다.

"이만큼 낼 테니 확실하게 꽂아주쇼."

"흐흐흐, 걱정하지 말라니까!"

돈을 지불한 은우에게 금발의 미녀가 다가와 말을 건다.

"나는 어때요? 나도 국경에는 자주 들락거리는데."

순간 은우의 눈이 그녀의 전신을 훑는다.

그리고는 적당히 괜찮다는 듯 느릿느릿 고개를 끄덕였다.

"좋아, 자기로 결정했어."

이윽고 은우에게 팔짱을 낀 그녀가 포주에게 돈을 요구했다.

"다녀올게요."

"큭큭, 오늘 땡잡았군. 화끈하게 대접해 주라고."

"알겠어요."

색기 가득한 그녀의 눈빛이 심상치 않아 보이지만 오늘의 목적은 그것이 아니다.

과연 국경에 들어서면 그녀가 어떤 반응을 보일지 궁금할 따름이다.

*   *   *

연해주 블라디보스토크의 국경지대. 철조망으로 가로막힌 국경의 서쪽 길을 따라가다 보면 사람이 살지 않는 오두막이 하나 덩그러니 남아 있는 것을 볼 수 있다.

국경지대에 위치하고 있지만 이곳 역시 사람들이 살고 있던 곳이지만, 지금은 모두 국경의 북쪽으로 이주하여 다른 가옥들은 모두 철거된 상태다.

다만 이 오두막이 남아 있는 이유는 아주 간단했다.

이곳은 국경수비대에서 병사들의 휴식 공간을 제공하고자 비밀리에 남겨둔 것인데, 지금은 군 기무사령부에서 요인 감금을 위해 사용하고 있다.

탐지견과 함께 수색을 마치고 돌아온 병사 두 명이 오두막의 문을 열어 빵과 우유를 집어넣었다.

"어이, 닥터. 아픈 곳은 없지?"

도대체 언제 씻었는지 알 도리가 없을 정도로 꾀죄죄한 몰골은 그가 원래 어떤 사람이었는지 알아보기 힘들 지경이다.

오두막 한쪽 구석에 쪼그려 앉아 있던 그는 깊은 한숨을 내쉬었다.

"휴우, 도대체 나를 이런 오두막에 가두어놓는 이유가 도대체 뭔가?"

그가 한숨을 내쉬는 이유가 무척이나 어처구니없다.

아이러니하게도 본인조차 자신이 이곳에 왜 갇힌 것인지 모른다는 것이다.

병사들은 그런 그에게 아무런 말도 하지 않는다.

"너무 많이 알면 다치는 법이지. 어서 식사나 하라고."

그리고는 곧바로 문을 닫고 자물쇠를 채워 버린다.

또다시 혼자 남은 그는 딱딱한 빵과 미지근한 우유를 바라보며 머리를 쥐어뜯었다.

"빌어먹을! 도대체 내가 뭘 잘못한 거지?!"

도대체 이런 말도 안 되는 장소에 갇힐 정도로 잘못한 것이 뭘까?

그는 맹세코 지금까지 누군가에게 피해를 주거나 법을 어겨 본 적이 없다.

그저 여자문제가 조금 복잡해서 그렇지, 다른 부분에서는 절대로 남에게 피해를 주지 않았던 것이다.

"도대체 누가……?"

혹시 앙심을 품은 어떤 여자가 그에게 복수할 마음으로 이런 짓을 벌였다면 모를까 전혀 감을 잡을 수가 없었다.

꼬르륵!

무심하게도 이 와중에도 배꼽시계가 울린다.

"젠장! 그래도 살고 싶긴 한 모양이군."

희대의 발견을 했다고 연구에 미쳐 살던 그가 지금은 이딴 빵 한 조각에 군침을 삼키다니 배부른 돼지보다 배고픈 소크라테스가 낫다는 말은 그저 속담에 불과한 모양이다.

하는 수 없이 잘 떨어지지도 않는 빵을 한 조각 떼어 우유에 찍어 먹는다.

상황이 이래서 그런지 딱딱한 빵과 미지근한 우유도 썩 먹을 만한 것 같았다.

"하여간… 사람은 이래서 환경을 잘 타고 태어나야 해."

평소 같으면 그냥 버렸을 빵을 가지고 감동하던 바로 그때다.

불현듯 그의 오두막에 노크 소리가 들린다.

똑똑.

한창 식사 중이던 그의 고개가 기계적으로 돌아갔다.

"누, 누구요?"

병사들은 그를 오두막에 갇혀 있는 개쯤으로 생각하건만 어째서 노크를 하는 것일까?

자리에서 일어나 문에 가까이 다가선 그에게 낯선 목소리가 들렸다.

"다니엘 스톤 박사님이십니까?"

"그, 그렇습니다만……."

"잘되었군요. 저는 이영한 교수님의 제자 이은우라고 합니다."

순간, 다니엘의 눈동자가 엄지손가락만 해진다.

"뭐라고?! 그, 그게 무슨 말인가? 영한의 제자라니, 이곳이 어디인 줄 알고 하는 소리인가?"

"알고 있습니다. 교수님의 행방을 쫓다 우연이 이곳에 계시다는 소리를 듣게 되었습니다."

기쁨에 찬 다니엘의 목소리가 조금씩 떨려온다.

"그, 그렇다면 지금 당장 나 좀 꺼내주게! 내 딸이 무척이나 걱정하고 있을 거야!"

"알겠습니다. 잠시만 기다리십시오."

잠시 후, 자물쇠가 떨어져 나가며 오두막의 문이 열렸다.

이윽고 드러난 청년의 얼굴의 뒤로 후광이 비치는 것 같았다.

다니엘은 그런 그에게 두 팔을 벌린다.

"자, 자네 덕분에 살았네!"

하지만 그는 고개를 젓는다.

"아닙니다. 이 사람들이 아니었다면 이곳까지 올 수도 없었을 겁니다."

떨떠름한 표정의 한 청년과 미소를 짓고 있는 청년이 그에게 고개를 숙인다.

다니엘은 그들에게 일일이 악수를 한 후 은우를 바라보았다.

"그나저나 이젠 어떻게 할 작정인가? 이곳은 감시카메라가 쫙악 깔려 있는데 말이야."

"어떻게든 해봐야지요."

그에게 있어 다음 계획이 어떻게 되었든 그건 중요한 것이 아니다.

일단 이곳을 빠져나왔다는 것이 중요한 사실이다.

네 사람은 감시카메라의 사각지대인 이곳에서 점점 국경 남쪽으로 이동하기 시작했다.

＊　　　＊　　　＊

상거지 꼴을 한 다니엘을 보며 매춘부가 양쪽 콧구멍을 틀어막은 채 버럭 소리를 지른다.

"이, 이 상거지 꼴이 뭐예요?! 그냥 국경지대에서 한판 하는 것뿐이라면서!"

"사, 상거지……."

여자에게는 무조건 먹힌다는 신조를 가지고 있는 다니엘은 다소 충격적인 표정을 지었다.

은우는 그런 그를 바라보며 난감한 듯 말했다.

"아무리 그래도 상거지는… 좀 심했군."

"그럼 이 꼴이 거지지 뭐예요?! 지나가던 개새끼도 저것보단 낫겠네!"

"하여간 미안하게 되었어. 우리도 다 사정이 있어서 그런 거니까 당신이 좀 이해해 줬으면 좋겠어."

그러면서 은우가 그녀에게 백금과 다이아몬드로 만들어진 목걸이를 슬쩍 내민다.

척 보기에도 값이 무척이나 나가 보이는 목걸이를 보자 그녀의 표정이 살짝 달라졌다.

은우는 이때를 놓치지 않았다.

"이해해 줄 거지?"

"크, 크흠! 그래도 그렇지 이게 뭐예요?! 아무리 몸 파는 여자라고는 하지만……."

이윽고 은우가 그녀의 뒤로 걸어와 목걸이를 걸어준다.

"화 풀고 사이좋게 지내자고. 알았지?"

이 상황에서도 무드는 통하는 모양이다.

한껏 분위기를 잡는 은우에게 그녀가 홀라당 넘어갔다.

"저, 정 그렇다면 어쩔 수 없고……."

못 이기는 척 차에 타는 그녀를 보며 다니엘이 씁쓸한 미소를 짓는다.

"내가 잘 씻고 한 10년만 젊었어도……."

다소 냄새가 나기는 하지만 그녀의 향수로 덮으며 국경지대 검문소로 향한다.

*　　*　　*

역시 은우의 예상대로 갖은 욕은 다 먹긴 했지만 그녀는 마지막까지 자신의 역할에 충실했다.

영업용(?) 밴에 탑승한 채로 국경수비대를 지나치기 위해 검문소 앞에 섰다.

그녀는 자동차 창문을 내려 익숙한 듯 병사에게 외쳤다.

"표도르!"

그러자 그는 헤벌쭉한 얼굴로 달려와 그녀에게 아는 척을 했다.

"헤헤! 오늘은 어쩐 일로?"

"어쩐 일은, 아까 못 들었어? 한탕 뛰고 집에 가는 길이지."

"부업으로 나는 안 될까?"

농염한 미소의 그녀가 고개를 가로저었다.

"우웅, 오늘은 너무 아픈데……."

"그, 그래?! 그, 그럼 할 수 없고!"

모르긴 몰라도 그녀의 스킬(?)은 남자를 녹여내는 데 아주 탁월한 모양이다.

다만 그것을 은우의 눈으로 직접 확인할 수 없어 아쉬울 따름이다.

아슬아슬한 밀고 당기기가 이어지고, 곧이어 통과 신호가 떨어질 듯했다.

숨죽이며 상황을 지켜보던 은우 일행이 안심하며 가슴을 쓸어내리려는 바로 그때였다.

—치익, 닥터가 사라졌다!

순간, 병사의 표정이 처참히 일그러졌다.

"여기는 검문소. 정확히 말해라. 어떻게 된 것인가?"

—방금 전 자물쇠가 달린 경첩이 떨어져 나간 것을 확인했다. 시간이 얼마 지나지 않았으니 멀리 가지는 못했을 것이다. 검문검색을 강화해라.

"알겠다."

하필이면 이런 타이밍에 무전이 오다니, 은우의 표정이 와락 일그러졌다.

지금 이 상황이라면 그녀의 섹시함도 무기가 될 수 없을 것이다.

그의 예상대로 은우가 탄 뒷좌석을 향해 병사가 걸어왔다.

"미안하지만 검색을 좀 해야겠는데, 협조해 줄 거지?"

지금 발각되면 그녀 역시 무사할 수 없을 것이다.

그녀는 필사적으로 그의 발걸음을 돌리려 한다.

"뒤, 뒤에 동료들이 있어. 한데 지금은 세척하는 중이라 보여줄 수가 없어. 팬티를 벗고 있거든."

둘러댄다고 뱉은 말이 오히려 그의 욕망을 자극한 꼴이 되어버렸다.

콧김이 뿜어져 나올 듯한 표정의 병사가 뒷좌석을 향해 성큼성큼 걸어온다.

"뭐, 뭐 어때? 어차피 한 번씩은 다 본 사이인데!"

"자, 잠깐!"

이대로라면 분명 발각되고 말 것이다.

은우는 최대한 조용히 이곳을 빠져나가기 위해 한 가지 묘안을 냈다.

기회를 엿보던 은우가 창문을 살짝 열어 병사의 눈에 약하게 탄지공을 쏘아 보냈다.

피융!

눈동자에 탄지공을 맞은 병사가 별안간 눈을 감싸며 펄쩍펄쩍 뛰기 시작한다.

“크어억! 이, 이게 뭐야?!”

당분간 눈이 보이지 않을 테니 당장 이들이 발각되는 사태
는 벌어지지 않을 것이다.

매춘부는 이 상황을 아주 자연스럽게 넘겼다.

“어이쿠, 것 봐! 변태 짓을 하니까 벌을 받는 거지.”

병사는 손사래를 치며 그녀에게 통과 신호를 내렸다.

“미, 미안. 그만 가봐도 좋아.”

간신히 검문소를 빠져나간 다섯 사람은 놀란 가슴을 쓸어내
렸다.

*　　*　　*

아랍연맹 최고회의가 열리는 카이로.

최상위 산유국 일곱 나라와 비산유국 두 나라의 정보기관
수장들이 긴급회의를 갖고 있다.

쾅!

“설마하니 이브라힘 그 개 같은 자식이 배신을?!”

“어째서 지금까지 그 사실을 까마득하게 모르고 있을 수가
있단 말입니까?!”

레바논의 정보국장은 고개를 들지 못한다.

“10남매를 인질로 잡고 있다는 보고가 어제까지 유효했습
니다. 그런데……”

요인 암살에 관해서는 프로라고 자신하던 레바논의 정보부

는 난색을 표한다.

그러나 이미 사건은 일어난 후다.

"이제 어쩔 겁니까? 아직까지 레바논 등의 분쟁을 조율하는 과정에 이런 말도 안 되는 사건이 발생하다니!"

"일단… 박사를 찾는 데 집중하기로 합시다."

"도대체 무슨 수로 찾겠다는 겁니까?! 러시아 국경지대에 꽁꽁 숨겨놓은 작자를 빼낸 놈들입니다. 그렇게 쉽게 잡힐 것 같습니까?"

흥분 상태가 지속되는 가운데 정보부 수장들이 극약 처방을 내린다.

"놈을 잡아 나중에 이용하려던 꿈은 일단 접는 것이 좋겠습니다. 우선 그를 잡으면 즉시 사살하는 방법을 사용하시지요."

"즉각 사살 말입니까?"

"흐음, 그건 좀 힘들 것 같지 않습니까? 지금 그가 사라졌다고 미국에서도 역시 난리가 났을지도 모르는데."

"어쩔 수 없지요. 다른 방도가 있습니까? 이대로 가다간 유가가 술렁일 것이 뻔한데."

그의 말에 모든 정보부장이 의견 일치를 보였다.

"좋습니다. 그럼 정보를 공유하고 연락을 유지하는 상황에서 일을 진행하는 것으로 하죠."

"물론입니다. 누구처럼 단독행동으로 일을 망치면 안 되니 말입니다."

얼굴이 새빨개진 레바논 정보국은 그저 입을 닫고 있을 뿐이다.

　연방 정보부 회의가 끝나고, 레바논 정보국장은 회의장 테이블에게 화풀이를 했다.

　쾅!

　그가 주먹으로 친 자리가 움푹 들어가 고급 원목 테이블이 흉측한 몰골이 되고 말았다.

　망치로 치지 않는 이상 어지간해서는 흉터도 남지 않는 테이블이 망가지는 것을 보면 그의 완력이 어느 정도인지 예상할 수 있었다.

　그는 러시아 정보부에 전화를 걸었다.

　"지금 우리와 장난하자는 겁니까?! 이게 도대체 어떻게 된 겁니까?!"

　다짜고짜 소리를 지르는 그에게 러시아 정보부 역시 난색을 표했다.

　―이것 참, 유감이라고밖에 할 말이 없군요.

　"그, 그걸 지금 말이라고 하는 겁니까?! 우리가 당신들에게 해다 바친 돈이 얼마인데?!"

　―너무 걱정하지 마십시오. 지금 우리 측에서도 그를 추격하는 중이니 잠시만 기다리십시오.

　"만약… 일이 잘못되기라도 한다면 그때는 우리의 관계가 되돌릴 수 없는 지경이 되고 말 겁니다."

　―그런 일은 없을 테니 너무 걱정하지 마십시오.

　레바논 정보부장의 입에서 깊은 한숨이 절로 나온다.

"후우, 제발 그랬으면 좋겠군요."

이윽고 전화를 끊었지만, 그는 밖으로 나갈 생각을 하지 않았다.

"이브라힘, 이 버러지만도 못한 새끼! 감히 나를 배신해?!"

열 살부터 지금까지 돌보고 보살펴 온 요원의 배신이라니, 정신적 충격이 이만저만이 아니다.

*　　　*　　　*

러시아 정보국에 비상이 걸렸을 것은 뻔한 일. 은우 일행은 그녀의 차를 타고 국경을 벗어나기로 했다.

최소한 그녀가 운전을 하고 지나간다면 크게 의심할 사람은 많지 않기 때문이다.

오두막을 나온 다니엘은 지쳐 잠이 들어버렸고, 은우는 다음 작전을 구상하느라 말을 걸어도 대답을 하지 않았다.

제이슨은 애초에 일행이 되는 것을 꺼려 했던 사람이니 아예 눈을 감고 돌아누워 있다.

결국 이브라힘과 단둘이 남은 그녀가 그에게 말을 건다.

"저기, 중동 아저씨."

창밖을 바라보고 있던 그가 반사적으로 고개를 돌린다.

"왜 그러시죠?"

"이름이 뭐예요?"

"이브라힘이라고 합니다."

"아하, 그렇구나."

어째서 이렇게 어색한 분위기가 흐르는 것인지 그녀의 표정이 살짝 굳어 있다.

대화가 단절되는 느낌이 들자 이브라힘이 재빨리 말을 건다.

"그러고 보니 그쪽의 이름도 알지 못하는군요."

"저는 릴리야라고 해요."

"릴리야? 무슨 뜻이죠?"

그녀는 운전대를 잡은 채로 피식 웃었다.

"제 입으로 말하기는 좀 그렇지만… 어울리지 않지만 릴리야는 백합이라는 뜻이에요."

오늘 처음으로 얼굴이 발그레해진 그녀에게 이브라힘이 말한다.

"백합이 뭐 어때서 그럽니까? 듣고 보니 백합 같은 느낌이 듭니다."

"제, 제가요?"

"얼굴도 하얗지, 머리는 백금발에다 몸매는 무척이나 가늘지 않습니까? 이게 백합이 아니면 도대체 누가 백합입니까?"

역시 칭찬은 언제 들어도 기분이 나쁘지 않는 종류의 언어다.

"훗, 말이라도 그렇게 해주니 무척 고맙네요."

이브라힘은 고개를 저었다.

"저는 빈말이나 하는 그런 놈 아닙니다. 비록 나이는 어리지만 그렇다고 생각까지 어리지는 않거든요.”

고개를 돌려 슬쩍 그의 얼굴을 바라본 릴리야가 실소를 흘렸다.

“얼굴도 그렇게 어려 보이지는 않는걸요?”

쑥스러운 마음에 자꾸 말을 돌리려는 그녀에게 이브라힘이 말했다.

“당신은 항상 자신을 너무 깎아내리고 있습니다. 마치 누군가 당신을 공격하기라도 할 것 같은 두려움에 사로잡힌 듯하군요.”

이브라힘의 지적에 릴리야가 덤덤하게 자신의 얘기를 털어놓았다.

“제 아버지는 난봉꾼에 엄마는 나와 같은 창녀였지요. 워낙에 가난한데다 아버지는 손찌검까지, 가정이 파탄나지 않으면 이상할 지경이었죠. 그래서 결국 우리 엄마는 극단적인 선택을 했어요.”

“어떤……?”

“아버지를 끝까지 도발해서 결국 집에 불을 지르게 만들었어요. 그때는 내가 학교에 갔던 터라 화재를 피할 수 있었죠. 하지만 아버지와 함께 집에 남은 엄마는 아버지와 함께 타들어갔어요. 그게 아버지에게서 도망갈 수 있는 유일한 길이라고 생각한 것 같아요.”

너무도 억울하게 부모를 잃은 그녀를 보며 이브라힘이 측은한 눈길을 보냈다.

“…힘들었겠군요.”

하지만 그녀는 이런 얘기를 하는 동안에도 별것 아니라는 듯 미소를 지었다.

“시간이 모든 것을 해결해 주더군요. 막상 부모님이 모아둔 돈도 없고 갈 곳도 없어 매음굴에 들어가 몸으로 때우며 살 때는 죽을 것만 같았죠. 하지만 지금은 괜찮아요. 나름대로 모아둔 돈도 있고 나 스스로 먹고살 방안도 있으니까요.”

생계를 위해 극단적인 길을 걸었던 두 사람 사이에 묘한 공감대가 형성되었다.

이브라힘은 그녀에게 좀 더 충격적인 과거를 털어놓았다.

“나는 열 살 때 처음으로 살인이라는 것을 해보았습니다.”

그녀가 순간적으로 그에게 고개를 돌렸다.

그는 쓸쓸한 미소를 지었다.

“그 이후로 9년 동안 하루도 빠짐없이 이 일을 해왔죠. 알고 있습니다. 내가 괴물처럼 보인다는 것을.”

릴리야는 그런 그를 보며 고개를 가로저었다.

“아니요. 당신도 그 나름대로 상처가 있으니 그랬을 것 아닌가요?”

이브라힘은 깊은 한숨을 내쉬었다.

“10남매를 건사하자면 다른 방도가 없었죠. 그래서 저는 젊음을 이곳에 바치기로 마음먹었습니다. 전쟁으로 돌아가신 부모님께서도 저를 용서할 것이라는 밑도 끝도 없는 믿음으로 말이죠.”

“10남매를 지금까지 혼자 건사해 온 건가요? 그 어린 나이
에?”

“다른 방도가 없었습니다. 제가 아니면 형제들은 모두 고아
원에 가게 될 테니 말이죠.”

“그래서 그 어린 나이에 살인을……”

“사람이 극한에 닥치면 초인적인 힘이 발휘되더군요.”

이번에는 그녀가 이브라힘을 측은하게 바라본다.

“저런……”

쓸쓸한 미소를 짓는 이브라힘의 왼손에 그녀의 오른손이 다
가왔다.

“당신의 상처 역시 시간이 알아서 해결해 줄 거예요.”

너무나 뜻밖의 장소에서 자신의 가슴속에 있던 응어리가 녹
아내리자 이브라힘은 오히려 당황스럽다는 표정을 지었다.

“하, 하지만……”

“괜찮아요. 사람은 누구나 어두운 과거를 가지고 있게 마련
이니까요.”

“……”

은우는 뒷좌석에 앉아 그런 두 사람을 가만히 바라보고만
있을 뿐이었다.

＊　　＊　　＊

러시아 국경지대를 벗어난 은우는 이제 그녀에게 안녕을 고

했다.

"아쉽지만 우리는 여기까지인 것 같군."

하지만 그녀는 쉽사리 운전대를 놓지 못했다.

"이대로 그냥 돌아다녔다간 무슨 사달이 날지 모르는데요? 그래도 괜찮아요?"

"무슨 일이 일어난다고 해도 별수 없지. 그렇다고 아무런 상관도 없는 당신까지 이 일에 끌어들일 수는 없으니까."

"이제 와서 당신이 할 소리는 아닌 것 같네요."

"후후, 그런가?"

이브라힘과 눈이 마주친 릴리야가 진짓 서운한 표정을 지었다.

하지만 그는 끝내 그녀를 붙잡지 못했다.

"…잘 가십시오. 당신이 말했듯이 시간이 지나면 반드시 행복해질 겁니다."

이윽고 돌아서는 그를, 릴리야는 방부석이 되어 바라보고만 있다.

은우는 그런 그녀에게 다가와 명함을 건넸다.

"이 일이 정리되는 대로 당신을 다시 찾으러 오지. 저 멍청한 녀석 대신 내가 약속할게."

화들짝 놀란 그녀가 손사래를 쳤다.

"아, 아니, 나는 그런 생각이 아니라……."

"싫으면 하는 수 없고."

다시 명함을 집어넣으려는 그에게 릴리야가 눈을 흘겼다.

"남자가 왜 그렇게 얄미워요?"

"그게 내 매력이라고나 할까? 아무튼 내가 올 때까지 잘 지내고 있으면 좋겠어."

"그럴게요. 걱정하지 말아요."

그리고는 동료들과 함께 사라지는 은우에게 그녀가 살짝 고개를 숙여 보였다.

*　　　*　　　*

극심한 고통 속에 얼마나 긴 시간이 흘렀을까?

마계를 떠나온 그녀가 서서히 눈을 떴다.

머릿속은 온통 하얗고 생전 처음 겪어보는 이상한 느낌이 온몸을 지배했다.

마치 몸이 딱딱하게 굳었다고나 할까?

삐익, 삐익—

어디선가 요상한 소리가 들리고 있고, 그와 함께 웅성거림 또한 들려온다.

이윽고 어렵사리 눈꺼풀을 위로 들어 올린 그녀가 주변의 상황을 살펴보았다.

온통 흰색 옷을 입은 인간들이 종이에 무언가를 적으며 상당히 심각하게 논의하고 있다.

'도대체 여기가 어디야?'

차원을 뛰어넘어 오기는 했지만 설마하니 이렇게나 다른 세계일 것이라는 것은 꿈도 꾸어본 적이 없다.

잠시 후, 그들이 줄을 지어 어디론가 이동한다.

이곳이 어디인지 물어보고 싶지만 몸이 좀처럼 말을 듣지 않는다.

답답한 마음을 금할 길이 없던 그는 젊은 여인 하나가 병실로 들어오는 것을 볼 수 있었다.

인간치고는 상당히 미인이지만, 그녀의 미의 기준은 엄격히 다르다.

게다가 지금 그녀의 눈앞에 있는 인간 여인은 그저 먹잇감으로 생각될 뿐이었다.

할 수만 있다면 지금 당장 저 인간을 종잇장처럼 씹어 먹고 자리에서 일어나고 싶은 생각이 굴뚝같았다.

하지만 이곳은 마족의 그 어떤 기운도 느낄 수 없어 그렇게 하지 못했다.

그녀는 인간 세계에서는 인간의 룰을 따라야 살아남을 수 있다는 것을 본능적으로 느끼고 있는 것이다.

가만히 누워서 천장을 바라보던 그녀에게 인간 여인이 다가와 얼굴에 손을 올린다.

마족 역시 성교를 하기 때문에 남성이 여성에게 이런 행동을 취하는 광경은 그리 낯선 풍경이 아니었다.

하지만 그녀는 엄연히 여성이다. 기분이 좋을 리가 없다.

'생각 같아선……!'

그러나 그녀는 이 여자가 자신에게 어떤 감정을 가지고 있는지 단박에 파악해 낸다.

옴짝달싹할 수 없는 베리엘라에게 그녀가 대뜸 침을 뱉었다.

"퉤!"

마왕의 딸이었던 그녀에게 있어 지금 이 상황은 있어서도 있을 수도 없는 상황이었다.

'이런 빌어먹을 년이?!'

심지어 욕지거리까지 내뱉던 그녀는 아직까지도 몸을 움직이지 못했다.

"넌 내 여동생이지만 참… 재수 없단 말이야."

아무리 피도 눈물도 없는 마족이라고는 하지만, 그들 역시 의리와 명예, 그리고 가족에 대한 중요성을 잘 알고 있다.

심지어 중간계에 살고 있는 짐승들도 이런 짓은 하지 않을 것이다.

'씹어먹어도 시원찮을 것!'

하지만 지금 이 자리에서 멋대로 일어났다간 무슨 일어날지 알 수가 없다.

아버지와 마계를 위한 일, 그녀는 후일을 위해 가까스로 가슴을 진정시켰다.

가만히 누워 천장만 바라보던 그녀는 방금 전 그녀의 말을 곰곰이 곱씹어보았다.

여동생이라면 여자가 아닌가?

　인간들 중에서도 남자, 그것도 추남의 몸에 들어오면 어쩌나 싶었던 그녀는 일단 한시름 놓았다.
　세상 어디를 가나 남자를 상대하는 것은 여자가 제격이기 때문이다.

CHAPTER **10**
수소발전

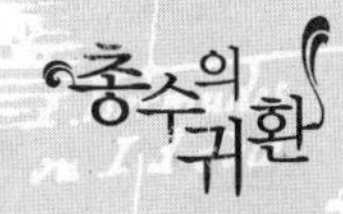

미국 보스턴의 하인즈컨벤션센터.

푸른색 유리창으로 따뜻한 햇살이 반사되어 빛을 발하고 있
다.

그 아래에는 책을 든 한 여성이 길을 걷고 있는데, 귀에는
커다란 헤드셋을 착용하고 있다.

쿵쾅쿵쾅!

볼륨을 어찌나 높여놓았는지 뒷골이 흔들릴 정도다.

하지만 그녀는 원래 음악을 이렇게 즐기는지 불편하다기보
다는 오히려 미소를 짓고 있다.

한 손에는 핫도그를, 한 손에는 책을 든 그녀는 불현듯 울리
는 핸드폰을 확인해 본다.

발신자 미상.

번호조차 뜨지 않는 전화는 일단 받지 않는 것이 상책이다.

전화기로 또 어떤 기상천외한 사기를 시도할지 알 수가 없기 때문이다.

아무렇지 않게 전화를 다시 집어넣은 채 거리를 걷던 그녀가 근처의 벤치에 자리를 잡았다.

지금쯤이면 대학에 있어야 할 그녀가 이곳에 있는 이유는 다름 아닌 시험공부를 하기 위함이다.

취향이 상당히 독특한 그녀는 남들이 도서관에 처박혀 시험공부를 할 때 무척이나 엉뚱한 곳에서 공부를 하고는 한다.

이를테면 음악 소리의 볼륨이 너무 높아서 바로 옆 사람의 목소리조차 들리지 않는 클럽이라던가, 아니면 이렇게 길거리로 나와 공부에 집중하고는 한다.

그녀는 오히려 조용한 공간에서는 집중할 수 없는 정서 불안을 겪고 있던 것이다.

한 자리에 앉으면 열 시간이 넘도록 집중할 수 있는 엄청난 집중력을 가지고 있지만, 그녀는 조용한 곳에서는 단 1분도 가만히 있지 못하는 증상이 있다.

아이비리그에 속한 사립대학교 하버드에 다니면서도 그녀는 제대로 교수의 목소리를 들어본 적이 없다.

그 이유는 교수의 목소리만 듣고 앉아 있다간 전혀 공부를 할 수 없기 때문이다.

이런 사실을 잘 알고 있는 학교에서는 그녀에게 수업 시간에 MP3를 사용할 수 있는 특전을 주었으며, 교수의 말 대신 칠판에 쓰여 있는 글씨로 공부를 할 수밖에 없었다.

그녀가 이렇게 된 것은 다 그녀의 아버지 때문이다.

어린 시절, 그녀의 아버지는 딸과 아내에게는 상당히 애착이 많은 사람이었다.

하지만 그것은 아버지가 집에 있을 때뿐이었다.

물리학자였던 아버지는 새로운 발견을 위하여 일 년에 10개월은 집을 비웠고, 자연스럽게 딸인 그녀는 아버지와 거리를 두면서 자라게 되었다.

그렇게 시간은 흘러 15년이라는 세월이 지나 버렸고, 그녀는 아버지의 존재 자체를 부정하게 되었다.

그러면서 그녀의 어머니 또한 지쳐 갔고, 결국 어머니가 위자료를 포기하면서 까지 이혼이라는 파국을 맞게 된다.

겨우 15세, 그녀는 정신적인 충격으로 인하여 극심한 정서 불안에 시달렸고, 수재 소리를 밥 먹듯이 듣고 자란 그녀는 단 1분조차 집중할 수 없는 지경에 이르게 되었다.

그런 그녀에게 유일한 쉼터는 음악이었으며, 그 음악은 심적인 안정감을 가져다주는 하나의 수단이 되어버렸던 것이다.

그녀가 그렇게도 싫어하던 아버지의 친구 제임스 밀러는 그녀에게 하버드대학에서 공부할 것을 제안했으며, 그녀는 제임스 밀러의 도움으로 하버드대학에 정착할 수 있었다.

시험 기간에는 공부를 해야 하니 이렇게 길거리에 앉아 음악을 듣는 수밖에 없다.

오늘도 역시 전공에 관한 서적을 읽어 내려가던 그녀는 자꾸만 울려대는 전화기 때문에 잠시 공부를 중단했다.

어지간해서는 집중하는 동안엔 다른 짓을 하지 않는 그녀가 핸드폰을 얼마나 신경 쓰는지 잘 알 수 있는 광경이다.

정서불안 수재 역시 핸드폰을 손에 달고 사는 스무 살의 어린 아가씨에 불과한 것이다.

여전히 번호는 없고 전화는 계속 울렸다.

"도대체 누구지?"

결국 전화를 받은 그녀는 일단 아무런 말을 하지 않고 상대방의 말을 먼저 들어보기로 했다.

하지만 전화기 너머로 들리는 건 바람이 지나가는 소리뿐이다.

장난전화도 이쯤이면 악질 수준이다.

무척이나 화가 난 그녀가 신경질적으로 전화를 끊으려는데 바람 소리가 점점 더 커졌다.

그리고 잠시 후, 그녀는 바람 소리의 정체가 무엇인지 파악하기에 이르렀다.

두두두두두두!

검은색 헬리콥터가 보스턴 시가지 한가운데로 내려와 안착했다.

어지간해서는 일어날 수 없는 일.

그녀는 놀라서 연결된 통화를 차단했다.

하지만 이미 장본인들은 그녀의 앞에 도착한 뒤였다.

"켈리 스톤 양?"

다짜고짜 자신의 이름을 부르는 남자. 이미 그녀의 얼굴까지 파악한 모양인지 단번에 그녀를 알아보기까지 했다.

그녀는 지금 이 상황이 어쩐지 정상적이지 않다는 것을 금방 눈치챘다.

"아닌데요?"

고개를 가로저으며 부인하는 그녀에게 헬기에서 내린 청년들이 성큼성큼 다가온다.

"안전을 위해 함께 가셔야겠습니다."

그들의 얼굴은 미국인이 아닌 중동 아랍권 사람의 외형이었다.

그녀는 지금 저들에게 잡히면 큰일이 날 것이라고 직감했다.

그리고 잠시 후 그녀는 가방에서 재빨리 고추 스프레이를 꺼내 들었다.

치이이익!

"크, 크아아악!"

마치 눈이 타들어가는 듯한 고통에 휩싸인 그를 뒤로하고 켈리는 지체없이 지하철로 뛰어들었다.

거리보다 복잡하고 사람도 많은 지하철이라면 몸을 숨기기에 적합하다고 판단한 것이다.

뒤도 돌아보지 않고 달리는 그녀를 향해 아랍인 청년들이 전력을 다해 추격해 왔다.

"잠시만 저희와 얘기를 좀 하시죠!"

하지만 그녀는 절대로 멈추지 않고 그대로 직진을 계속할 뿐이었다.

그녀의 옆으로 지하철이 달려와 멈추어 섰다.

바로 지금이라면 저들을 따돌릴 수 있는 절호의 기회이다.

멈추어 선 지하철로 재빨리 들어간 그녀는 앞으로 한 칸을 이동한 후 반대편 출입구를 이용해 밖으로 나섰다.

허겁지겁 그녀를 추격하던 그들은 이윽고 닫혀 버린 지하철 문에 갇히고 말았다.

위이이이잉!

지하철이 출발하는 모습을 바라보기도 전, 그녀는 출구를 향해 다시 뛰기 시작했다.

반대편에서 그녀를 추격하기 위해 두 명의 청년들이 따라오고 있었기 때문이다.

숨이 턱 밑까지 차오르지만 그녀는 절대로 멈추지 않았다.

저 정도로 끈질기게 따라올 정도라면 분명 뭔가 목적이 있다고 판단한 것이다.

"헉헉!"

주변의 시선을 의식할 사이도 없이 그녀는 이곳을 빠져나가야 할 방도를 찾았다.

그러다 문득 자신의 핸드폰으로 인하여 위치가 발각될 수도 있다는 생각을 했다.

일단 필요한 전화번호만 외운 후 지나가는 행인에게로 돌진했다.

퍼억!

"아얏!"

"괜찮습니까?"

훤칠한 키의 청년은 매너 있게 그녀를 부축해 주었다.

그 틈을 타 켈리의 핸드폰이 청년의 서류 가방 속으로 들어갔다.

자리에서 일어난 그녀가 살짝 고개를 숙인 후 다시 달리기 시작했다.

이제부터는 비상구를 이용하여 달리기만 하면 그들의 추적을 따돌릴 수 있을 것이다.

때마침 비상구가 하나 보인다.

지체없이 비상구 문을 열고 안으로 들어가는 그녀의 뒤로 아랍 청년들이 모습을 드러냈다.

하지만 다행히도 그녀의 모습을 보지는 못한 것 같다.

"젠장! 놓친 것 같은데?!"

"위치 추적을 시도해!"

그녀의 의도대로 그들은 핸드폰 위치 추적을 이용해 엉뚱한 곳을 향해 달린다.

멀리서 그 모습을 빠끔히 지켜보던 그녀는 비상구 계단을 따라서 이동하기 시작했다.

*　　*　　*

다니엘의 신병을 확보한 은우는 곧바로 그의 가족들을 빼돌리기 위해 미국행을 선택했다.

그와 가장 가깝게 지내던 이모와 두 명의 누나, 그리고 이모의 가족들까지 모두 피신시키는 데 성공했다.

하지만 가장 큰 문제가 남아 있었다.

그의 딸은 보스턴에서 대학을 다니고 있고, 이모와 누나들은 뉴욕에 모여 살고 있다.

물론 뉴욕에서 보스턴까지는 그리 먼 거리가 아니지만 직접적으로 연락을 하지 않으면 그녀의 생사 여부를 확인할 길이 없다.

5분 거리에 모여 사는 그녀들과는 다소 거리가 있다는 소리다.

그래서 은우와 이브라힘이 조를 나누어 갈라졌지만, 결과는 암울하게도 허탕이다.

최대한 빨리 다니엘의 딸 켈리가 사는 기숙사에 도착한 은우는 다소 힘이 풀리는 소리를 듣게 되었다.

"켈리는 아직 돌아오지 않았어요. 오하이오에 있는 할머님 댁에 간 것은 아닐까요?"

그녀의 룸메이트들에게서 재차 켈리가 아직 돌아오지 않았다는 소식을 접한 은우는 난색을 표했다.

"이런, 설마하니 벌써 한발 늦은 건가?"

이브라힘은 고개를 젓는다.

"제가 도착한 지 네 시간이 지났습니다. 그동안 그녀가 갈 수 있는 곳은 모조리 뒤졌지만 흔적은 찾을 수 없었죠. 그렇지만 희망이 없는 것은 아닙니다. 아직까지 다니엘 박사의 이메일이나 SNS에 협박 문구를 남기지 않은 것을 보면 납치는 아닌 것 같습니다."

"아직 놈들에게서 연락이 없다던가?"

"예, 그렇습니다."

은우는 다시 한 번 그녀의 룸메이트들과 대면했다.

오랜만에 방에 남자가 찾아와서 그런지 그녀들의 얼굴에는 화색이 돌고 있다.

"미안합니다만, 조금 더 실례를 해도 되겠습니까?"

"어머, 그런 말씀 마세요! 켈리에게 손님이면 우리에게도 손님인걸요."

"그렇다면 다행입니다만……."

문제는 남자를 얼마나 굶었는지 자꾸 은우의 몸을 만지작거린다는 것이다.

"…어떤 것이 궁금하신가요?"

만약 아찔한 미녀들이 몸을 더듬는다면 그리 나쁘지만은 않을 것이다.

하지만 공대에 여자는 드물고, 거기서 예쁜 사람을 찾을 확률은 마른하늘에 날벼락을 맞을 확률보다 낮다.

천하의 은우를 압도할 정도의 비주얼을 가진 그녀들은 도저히 감당할 수 없을 정도다.

그가 무조건적으로 미인을 밝히는 것은 아니지만 그 역시 남자였던 것이다.

은우는 그녀들의 손이 닿을 때마다 움찔거리면서 대화를 이어 나갔다.

"케, 켈리 양이 자주 가는 곳이나 비밀 장소를 알고 계시다면… 좀 알려주실 수 있습니까?"

"우웅, 맨입으로?"

주먹이 불끈불끈 쥐어지지만 은우는 그것을 애써 참아 넘긴다.

"제, 제 옆에 앉은 녀석 보이죠? 이래 봬도 몸은 모델 급에 힘은 장사입니다. 괜찮다면 이 녀석이 술을 사드릴 수도 있습니다."

순간 이브라힘의 두 눈이 휘둥그레진다.

"아, 아니, 자, 잠깐!"

하지만 이미 주사위는 던져진 이후다.

그녀들은 눈을 반짝이며 켈리가 자주 가는 곳 중에서도 몸을 숨기기 가장 좋은 곳을 알려주었다.

단서를 확보한 은우가 자리에서 일어나자 이브라힘이 원망스러운 눈빛을 보내고 있었다.

"원래 가장의 길은 힘들고 험난한 법이다. 두 시간 후 공항에서 보자."

그리고 은우는 재빨리 모습을 감춰 버렸다.

*　　　*　　　*

딸이 없이는 절대로 연구에 들어가지 않겠다는 굳은 의지를 가진 다니엘의 마음을 돌리자면 켈리를 찾아서 한국으로 데리고 가는 수밖에 없다.

은우는 그녀의 룸메이트들이 말한 장소들을 순회하며 조심스럽게 켈리를 찾아다녔다.

그러다 한 군데, 오직 켈리와 친구들만이 들어갈 수 있다는 낡은 창고 앞에 섰다.

그녀들이 이곳을 가장 유력한 곳으로 지목한 이유는 자신들 이외에는 아무도 들어올 수 없기 때문이었다.

언제 버려졌는지 알 수조차 없는 허름한 지하 창고는 아는 사람조차 없고, 설사 안다고 해도 커다란 통자물쇠가 채워져 있어 문을 열 수가 없다.

은우는 그녀들이 알려준 대로 창고 뒤로 돌아가 커다란 쓰레기통을 옆으로 치워냈다.

그러자 사람 한 명이 간신히 지나갈 수 있는 구멍이 모습을 드러냈다.

"아가씨들이 겁도 없군. 이런 곳에 함부로 드나들다니 말이야."

만약 이곳이 막힌다면 나갈 방법도 없다는 것을 알면서도 출입한다는 것은 어지간한 담력이 아니면 불가능한 일이다.

비좁은 구멍을 통과한 후 그는 쓰레기통에 달린 로프를 이용하여 다시 위장을 했다.

역시 공대생들이라 그런지 생각보다 철저한 구석도 있다.

지하 2층까지 있다는 창고는 방음 시설이 완벽하게 갖추어져 있어 시끄럽게 노래를 틀어두어도 아무도 알 수 없다고 했다.

하지만 극도로 발달한 은우의 귀까지 피할 수는 없었다.

쿵쿵쿵.

미약하지만 멀리서 누군가 크게 노래를 틀어놓고 있다는 것을 감지한 은우는 이곳에 그녀가 있다는 확신을 갖게 되었다.

하지만 이대로 갑자기 모습을 드러냈다간 그녀가 놀라서 도망가는 사태가 발생할 수도 있다.

수소발전의 핵심이라고 할 수 있는 그녀를 거칠게 다루었다간 나중에 무슨 일이 일어날지 알 수가 없으니 최대한 조심스럽게 접근하기로 했다.

우선 머리에 두 손을 올린 은우가 천천히 계단을 내려가 인기척을 낸다.

쿵쿵!

발을 두 번 굴러 마치 노크를 하는 듯한 느낌을 연출했다.

그러자 화들짝 놀란 그녀가 황급히 무기가 될 만한 것을 찾았다.

"누, 누구세요?! 어째서 이곳에 들어올 수 있었던 거죠?!"

“저는 아버님께서 보낸 사람입니다. 그러니 당신을 해치지 않습니다.”

그녀는 믿을 수 없다는 듯 계속해서 그를 경계한다.

“내, 내가 당신 말을 어떻게 믿죠?”

“제가 직접 아버님과의 통화를 주선해 드리겠습니다. 그럼 믿으시겠습니까?”

“그, 그렇다면 믿을 수도 있겠지만…….”

“그렇다면 지금 당장…….”

전화를 걸려던 은우에게 그녀가 버럭 소리를 지른다.

“자, 잠깐만요!”

“무슨 일이십니까?”

“진짜로 아빠와 통화할 수 있나요?”

“물론입니다.”

“만약 내가 아빠와 통화를 하게 되면 필연적으로 만나기도 해야겠네요?”

은우는 고개를 갸웃거린다.

“그게 무슨 말입니까? 아버님이 사람을 보내신 이유는 단 하나 아니겠습니까? 아가씨도 그걸 잘 알고 계실 텐데요.”

“그, 그렇지만…….”

은우는 그녀에게 뭔가 문제가 있다는 것을 직감했다.

“아버지와 통화를 하는 것이 부담스러워 그러시는 거라면 사진을 찍어서 지금 핸드폰으로 직접 보내달라고 할 수도 있습니다. 그리고 문자를 주고받으면 어떻습니까?”

아직까지 영상통화가 완벽하게 지원되지 않으니 한국과 미국 간의 영상은 주고받을 수가 없다.

하지만 멀티메일이라면 지금 당장에라도 주고받을 수 있을 것이다.

그러나 그녀는 은우의 질문에 쉽사리 대답하지 못했다.

망설이는 그녀에게 은우가 재차 물었다.

"무슨 사정이 있는지 몰라도 일단 당신이 나를 믿어야 그 괴한들에게서 아가씨를 구해줄 수 있습니다. 무슨 말씀인지 알겠습니까?"

그제야 그녀는 은우의 말에 동의한다는 듯 고개를 끄덕였다.

은우는 제자리에 핸드폰을 내려놓고 그것을 발로 살짝 찼다.

"핸드폰에 다니엘 박사님의 이름으로 된 전화번호가 두 개 있습니다. 그중 두 번째가 박사님의 것입니다."

막상 전화를 걸자니 부담스러운 모양이다.

그런 그녀에게 은우는 조금 다른 방법으로 접근했다.

"생존이 달린 문제입니다. 지금도 그들은 아가씨를 찾고 있습니다. 그러니 기왕지사 살아 나가고 싶다면 망설이지 마십시오."

은우는 다른 한 손으로 전화기 한 대를 더 꺼냈다.

"지금 911을 찍어 그쪽으로 던지겠습니다. 만약 이상한 일이 발생한다면 즉시 전화를 거십시오."

잠시 후 그녀는 드디어 결정했다는 듯 전화를 건다.

단 1초 만에 전화를 받은 박사의 목소리가 은우에게까지 들렸다.

―여보세요? 이은우 대표? 지금 어딥니까? 내 딸은 찾았습니까?!

은우가 그녀에게 신분증을 꺼내어 내밀었다.

"이제야 믿으시겠습니까?"

그제야 은우에 대한 경계심을 푼 듯하지만, 아직까지 아버지와의 직접적인 통화는 불가능한 것 같다.

더 이상 전화를 받기 힘들어하는 그녀에게서 핸드폰을 건네받은 은우가 대신 통화를 이어 나갔다.

"예, 박사님. 따님을 찾았습니다."

―저, 정말입니까?! 오, 하느님!

"하지만 통화는 불가능한 것 같군요."

딸에 대한 모든 것을 알고 있을 다니엘은 전화기 너머로 씁쓸한 목소리를 낸다.

―…그렇겠지요. 하지만 딸아이가 살아 있다는 것을 확인했으니 되었습니다.

순간, 켈리의 눈동자가 크게 흔들린다.

그러나 아직까지 아버지와의 대화는 무리인 듯 곧바로 고개를 돌려 버렸다.

전화를 끊은 은우가 그녀에게 말했다.

"일단 한국으로 가서 안전을 확보한 후 앞으로의 행보를 생

각해 보십시오. 지금 이곳은 당신이 있기에 너무나 위험한 곳
입니다.”

고개를 끄덕이는 그녀의 얼굴에 복잡한 심경이 그대로 드러
나 있었다.

*　　　*　　　*

두 번째 추격까지 실패한 아랍연맹 정보부는 이제까지와는
조금 다른 방법으로 접근해 보기로 했다.

다니엘의 위치를 파악하는 것이 아니라 그를 빼돌린 배후를
밝혀내는 것이다.

하지만 그 역시 쉽지는 않았으니, 도대체 그의 뒤에 있는 흑
막의 정체에 대한 정보가 하나도 없었던 것이다.

그러던 중 그들은 이브라힘이 배신한 이유가 과연 무엇인지
에 대해 집중 조명하기 시작했다.

“도대체 그 뛰어난 암살자가 어째서 그렇게 단시간에 배신
을 했을까요? 그것도 어려운 요인 암살을 앞둔 시점도 아니었
다고 알고 있습니다.”

“당시 그의 임무는 무엇이었습니까?”

레바논 정보부장은 당시 그가 맡았던 임무에 대해 나열해
본다.

“다니엘 스톤에 대하여 조사하고 다니는 사람을 제거한 후
연방정보부의 요원들과 합류하여 러시아까지 도달하는 것이

었습니다.”

“다니엘에 대해 조사하는 사람 말입니까?”

“중국계 미국인이라고 되어 있습니다. 이름은 리왕첸입니다.”

“그럼 그런 사람이 진짜로 있는지 확인한 후 찾아보면 될 일 아닙니까?”

“벌써 그렇게 했습니다만, 리왕첸은 이미 죽은 사람입니다. 그것도 무려 5년 전에 말입니다.”

“그렇다면…….”

“위조 여권을 들고 누군가 미국으로 들어왔다는 말이 되겠지요.”

“흐음…….”

레바논 정보부장의 말에 다들 깊은 고민에 빠진다.

그러다 문득 이런 말이 튀어나온다.

“잠깐, 그건 그렇다 치고, 도대체 이런 사실을 우리에게 발설하지 않은 이유는 뭡니까?”

“좀 더 정확한 사실을 알아낸 후에 모두에게 보고할 작정이었습니다. 하지만 지금까지도 자세한 내막이 밝혀지지 않는군요.”

“이것 참…….”

“그럼 이런 방법은 어떻습니까? 조금 위험할 수도 있습니다만 리왕첸이라는 사람이 입국하던 당시의 기록을 모조리 뽑아다 의심이 가는 사람들을 추려내는 겁니다.”

"그런 일이 가능할 것 같습니까? 그것도 미국 한복판에서 말입니다."

"못할 것은 또 뭡니까? 다니엘 스톤을 빼돌린 사건을 암암리에 눈감아준 미국이 아닙니까?"

"하긴……."

뜻하지 않게 사건의 실마리가 풀리려 하자 정보부장들의 얼굴에 화색이 돌았다.

*　　*　　*

그녀가 이계로 떨어진 지 삼 일이 지났다.

그동안 그녀는 자신이 어떤 사람이었고, 왜 이렇게 시체처럼 누워 있는지 간파할 수 있게 되었다.

이곳의 문명은 루야나드와는 상반된 형식으로 발전해 있고, 가장 흥미로운 것이 바로 '산업'이라는 것이다.

이 산업의 최상위층에 있는 이들이 재벌이고, 그들은 마치 영주와도 같은 존재로 여겨진다.

지금 베리엘라의 영혼이 들어온 몸은 그 재벌 중에서도 꽤나 상위층으로 손꼽히는 남자의 딸이었던 것이다.

하지만 교통사고로 인하여 뇌사상태에 빠져 있고, 지금 정신을 차리지 못하면 이대로 안락사라는 말도 안 되는 방법으로 죽음을 맞이할 수도 있는 상황이다.

베리엘라는 어떻게든 자신의 몸을 움직이려 정신을 집중해

보았다.

하지만 이미 죽어버린 신경계는 도저히 말을 듣지 않았다.

이제 그녀가 할 수 있는 방법은 단 하나였다.

그녀의 영혼에 남아 있을 최상위 마족들의 마기를 모두 긁어내어 신체를 재구성하는 것이다.

물론 잘못하면 이곳까지 날아온 원동력을 잃게 되는 끔찍한 결과를 초래할 지도 모른다.

하지만 이대로 안락사라는 말도 안 되는 꼴을 당하게 된다면 그것보다 허무한 경우도 없을 것이다.

그녀는 심장 안에 잠들어 있는 부하들의 마기를 모두 긁어 내 몸에 자연스럽게 스며들게 만들었다.

아무도 없는 병실 안, 그녀의 몸이 조금씩 들썩이기 시작한다.

그리고 잠시 후, 놀라운 일이 벌어졌다. 인간의 신체가 스스로 마기를 조율하기 시작했던 것이다.

"쿨럭!"

검붉은 혈액이 천장으로 튀어 오르며 그녀의 입에서 옅은 신음이 흘러나왔다.

"흐어어억!"

자리에서 벌떡 일어난 그녀의 얼굴에 검붉은 핏줄이 흉측하게 불거져 나와 있고, 눈동자는 이미 온통 초록색으로 변해 있었다.

입으로는 검은색 연기를 계속해서 뿜어내던 베리엘라가 마침내 자리를 털고 일어나 자신의 몸 상태를 확인했다.

약하고 여린 인간 여성의 몸이기는 하지만 죽었다 살아난 그녀의 몸은 마기를 완벽하게 받아내고 있다.

음기가 가득한 그녀의 몸은 마족의 육신과 비슷한 조건을 가지고 있었던 것이다.

이윽고 거울 앞에 선 베리엘라가 얼굴에 드러난 핏줄과 녹색 눈동자를 만들어낸 마기를 갈무리하여 심장 깊숙한 곳으로 흘려보냈다.

슈아아악!

이젠 제대로 된 사람의 모습을 한 그녀가 슬쩍 미소를 지어 보였다.

"나쁘지 않군."

살기등등한 그녀의 머릿속에는 오로지 복수의 칼날과 아버지의 몸을 회복시킬 생각만으로 가득했다.

*　　　*　　　*

아랍연맹은 리왕첸의 이름을 사용했을 사람으로 가장 유력한 후보들을 추려냈다.

하지만 그들은 어느 한 명도 마음대로 건드릴 수 없는 사람들이다.

첫째로 미국 상원의원의 아들인 마크 윌헌트, 그는 미군사령부에 소속된 군인이며 계급은 준장이다.

미군 장성을 마음대로 들쑤실 수는 없는 일이니 그는 일단 보류할 수밖에 없다.

그리고 한국의 강진테크놀로지 대표이사 이은우였다.

이은우는 한국 정부의 보호를 받는 사람으로서, 에너지 교류를 맺고 있는 중동으로서는 상대하기 껄끄러운 사람이다.

하지만 그들은 그나마 월헌트의 아들보다는 이은우가 조사하는 데 수월할 것이라는 결론을 내렸다.

그러나 그들이 조사를 하기도 전 말도 안 되는 사건이 터지고 말았다.

2006년 여름, 월드컵이 한창 진행 중인 시기.

하지만 그것보다 크게 이슈가 된 것이 하나 있다.

그것은 바로 수소발전의 상용화였다.

지금까지 수소발전은 수소 보관 비용 절감 불가와 같은 기술적인 문제로 인하여 여전히 현재 진행 중인 연구였다.

그러나 얼마 전 켈리늄에 대한 논문을 발표하고 홀연히 사라졌던 다니엘 스톤 박사가 강진테크놀로지와 협약을 맺고 수소발전에 도전했다는 것이다.

도대체 어디로 잠적했는지 알 길이 없던 그의 등장에 놀라는 것은 비단 중동뿐만이 아니었다.

암묵적으로 켈리늄에 대한 이론만 가지고 그를 버리는 카드로 사용하고자 했던 미국은 그야말로 충격의 도가니에 빠졌다.

그리고 아랍연맹에 적지 않은 도움을 주었던 러시아는 얼마 전 은우를 로비하다 실패한 후 소극적으로 변한 터라 사실 은폐에 심혈을 기울이고 있었다.

영국과 같은 세계 일류 선진국들이 속해 있는 APEC 정상회담이 얼마 남지 않았음에 관련 국가들의 긴장은 점점 더 심각해지는 중이다.

하지만 은우는 수소발전을 박람회 형식으로 개최한 후 반응을 살피기로 했다.

이미 다니엘 스톤 박사가 한국의 기업과 협약을 맺었기 때문에 국정원에서도 그를 보호하고자 병력을 파견하는 노력을 보이고 있다.

대전 엑스포 과학 공원의 협조를 얻어 공원 광장에 마련된 수소발전기의 박람회에는 세계 각국 바이어들의 발길이 끊이지 않고 있다.

아직 제품 설명회도 시작하지 않았는데 모여든 인파만 1만 명을 넘어서고 있었다.

그러나 정작 박람회를 시작해야 할 장본인인 다니엘의 표정은 상당히 좋지 못했다.

이번 프로젝트는 다니엘 스톤의 이름을 걸고 열리는 박람회이기 때문에 그의 연구 성과가 드디어 빛을 발한다고 봐도 과언이 아니다.

그럼에도 한숨을 푹푹 내쉬는 그에게 은우가 물었다.

"이 좋은 날 왜 한숨을 내쉬는 겁니까? 혹시나 아랍연맹에서 다시 납치라도 할까 봐 그러시는 겁니까?"

그는 은우의 질문에 고개를 가로젓는다.

"그런 것이 아닙니다. 과학자가 자신의 이름으로 여는 박람회에서 기분 나쁠 일이 뭐가 있겠습니까? 다만 아직까지 내 딸과 화해를 하지 못한 것이 못내 마음에 걸려서 그렇습니다."

아버지 때문에 공황장애까지 앓고 있는 딸, 그런 딸에게 미안하다는 말 한마디 못하는 아버지의 마음이 얼마나 아플지 굳이 묻지 않아도 충분히 알 수 있다.

그런 그를 바라보며 은우는 다소 극적인 연출을 하기로 마음먹었다.

CHAPTER 11
행복을 되찾은 사람들, 그리고……

본격적으로 박람회가 시작되었다.

여러 프로그램을 거쳐, 드디어 실생활에서 사용할 수 있는 수소발전기에 대한 설명이 이어졌다.

단상에 올라선 다니엘이 제품에 대한 정확한 재원들을 나열했다.

"지금 보시는 이것이 바로 켈리늄으로 만든 수소 보관함입니다. 지금까지 수소발전을 상용화하지 못했던 이유는 바로 이 수소를 보관할 수 없다는 것에 있었습니다. 만약 플라즈마로 수소를 추출할 수 있는 기술이 개발된다고 해도 수소를 안전하게 보관할 수 없다면 보일러나 엔진으로서의 기능은 제대로 사용할 수 없습니다. 그래서 저는 수소를 보관할 수 있는 신물질을 발견해 냈고, 상용화에 성공했습니다.”

켈러늄으로 만든 수소발전기를 보며 바이어들은 눈을 반짝였다.

국제 안전 기준을 가뿐히 통과한 수소발전기가 앞으로 에너지 산업에 어떤 영향을 불러일으킬지 기대를 하는 눈치였다.

다니엘은 나머지 제품들에 대해 추가적인 설명을 덧붙였다.

“아직 국제 자동차 협회의 비준이 떨어지지는 않았습니다만, 현재 자동차 엔진을 수소발전기로 대체하는 방안도 추진되고 있습니다.”

순간, 추가 설명으로 인하여 장내가 술렁이기 시작했다.

지금까지의 가솔린이나 디젤 엔진은 매연과 같은 환경 문제와, 매장량이 한정적이라는 치명적인 문제점을 안고 있는 방식이었다.

그러나 수소발전 자동차가 실현되게 되면 과연 앞으로 어떤 방식으로 자동차가 굴러갈지 기대와 의문을 동시에 가지게 된 것이다.

그러던 와중에 한 바이어가 손을 들었다.

“말씀 중에 죄송합니다만, 수소발전이 만들어낼 수 있는 동력에는 한계가 있다고 알고 있습니다. 그 부분에 대해서는 어떻게 생각하십니까?”

그의 질문에 다니엘이 차분하게 답한다.

“수소발전의 폭발력이 휘발유를 따라갈 수 없다는 것은 편견에 불과합니다. 정확하게 말하자면 수소 탱크의 경량화가 문제인 것이지 폭발력 자체는 문제가 되지 않습니다. 장담하건대 수소발전 탱크로 만들 수 있는 자동차의 한계는 대형차까지입니다."

소비자의 입장에서 본다면 차의 마력을 결정하는 엔진 자체의 힘이 약하면 약할수록 차에 대한 매력은 떨어지게 마련이다.

"다들 아시겠지만 수소발전은 그 폭발력을 안전하게 이용하는 것이 핵심입니다. 그런 관점에서 저의 켈리늄은 상식을 뒤집었다 감히 말씀드리고 싶군요. 티타늄 합금으로는 최강의 강도를 자랑하니까요."

"안전성에는 절대 문제가 없다는 겁니까?"

"교통사고가 났을 경우 탱크 자체에서 차폐 장치를 가동하게 됩니다. 그렇게 되면 공기와 수소가 마찰할 경우는 없습니다. 그러니 사고가 난다고 해도 운전자만 무사하다면 큰 문제는 없을 겁니다."

여러모로 이렇게 완벽한 기술이 선을 보이다니 그야말로 바이어들은 경악에 찬 눈치였다.

물론 지금 다니엘이 설명하고 있는 기술의 절반 정도는 은우의 머릿속에서 나온 것들이다.

2012년에 사망했던 은우는 당시 실현 가능했던 기술에 대한 이론을 전부 기억하고 있다.

학계에 발표되는 논문을 한번 읽으면 전부 머릿속에 저장되니 환생을 했다고 기억이 나지 않을 리가 없는 것이다.

수소발전의 문제점이었던 탱크의 소형화와 그 단가 조절에

대한 문제가 해결되었으니 나머지 기술을 고안하는 것은 그야
말로 식은 죽 먹기였던 것이다.

이제 이 발전기를 상용화하는 데 얼마를 받을 것인지 조율
하기만 하면 떼돈을 버는 것은 시간문제이다.

이윽고 설명회가 끝나고, 바이어들이 강진테크놀로지와 협
상을 위해 줄을 서기 시작했다.

"대표님, 시간을 좀 내주십시오!"

"저희는 독일에서 온 B사입니다!"

어차피 로열티를 받는 기술력은 먼저 줄을 선다고 해서 이
득이 될 것은 아무것도 없다.

하지만 긴밀한 협조를 위해서는 누구보다 먼저 계약하고 자
문을 구하는 것이 유리하기 때문에 바이어들의 마음은 급하기
만 했다.

그러나 은우는 여기저기에 날아오는 명함들을 뒤로한 채 돌
아섰다.

"조만간 정식 출범이 있을 겁니다. 그때 사전 계약을 실시하
도록 하겠습니다. 죄송합니다."

그리고는 다니엘과 함께 은우가 자취를 감추려는 바로 그때
였다.

어디선가 바람을 가르는 탄환이 날아왔다.

피융!

이미 누군가 저격을 시도하고 있다는 것을 눈치채고 있던
은우는 다니엘의 몸을 옆으로 살짝 밀었다.

하지만 총알을 완벽히 피할 각도는 나오지 않았다.

은우의 바로 옆에 있던 다니엘은 날아오는 탄환을 미처 피하지 못한 채 고꾸라지고 말았다.

서걱!

"커헉!"

탄환이 심장 옆을 스치며 그의 가슴에서 혈액이 솟구쳐 올라왔다.

푸하악!

은우는 동시에 그의 등에 점혈을 시도했다.

툭툭!

진기를 온몸으로 전달하는 혈액이 지나다니는 길을 막아 출혈을 멈추는 것이다.

그러자 심장 부근에서 튀어 오르던 핏줄기가 금세 진정되었다.

서서히 경련이 일어나는 것은 점혈을 하고 혈맥이 막히면서 벌어지는 자연적인 현상이었다.

이제 그는 총알만 제거하면 전혀 문제될 것 없는 상태가 되었다.

하지만 은우는 그의 목덜미 부근에 있는 도혈(倒血)을 짚어 다니엘이 졸도하게 만들어 버렸다.

경련을 일으키다 기절했으니 사람들의 눈에는 그가 영락없이 기절했거나 즉사한 것으로 보일 것이다.

그의 주변으로 국정원 요원들이 신속하게 모여들었다.

“어서 박사님을 보호해라!”

“예!”

“그리고 2팀장!”

“네!”

“자네는 당장 대기 중인 닥터들을 호출하게! 최우선 상황이네!”

“예, 알겠습니다!”

심박이 점점 약해지는 다니엘 탓에 상황은 무척이나 심각해지고 있다.

저격이 시작되자마자 저격수를 찾기 위해 국정원 요원들이 산개하여 수색을 시작했다.

은우는 그 모습을 보며 보이지 않게 미소를 지었다.

*　　*　　*

저격에 성공한 아랍연맹 정보부 요원들은 자신들이 챙겨온 짐을 재빨리 회수하여 과학 공원 맞은편 방송국 옥상에서 환풍구를 타고 내려왔다.

“어서 서둘러라!”

등에 총을 한 자루씩 멘 요원 열 명이 차례대로 방송국 건물을 빠져나가는 동안, 국정원 수사 4팀장 정준철이 저격 예상 포인트에 요원들을 올려 보냈다.

가장 유력한 저격 포인트인 방송국 옥상을 수색하려던 그와 아랍연맹 요원들이 정면으로 맞닥뜨렸다.

"빌어먹을!"

정준철은 길고 커다란 무언가를 등에 메고 있는 중동 청년들을 보며 곧바로 권총을 꺼내 들었다.

"손들어! 국정원이다!"

하지만 그들은 그의 경고를 무시한 채 곧바로 도주를 시작했다.

도주하는 그들에게 정준철이 곧바로 권총의 방아쇠를 당겼다.

탕탕탕!

서걱!

"커헉!"

"대장!"

정확하게 리더로 보이는 남자의 등허리에 적중한 총알 덕분에 대열이 흩어졌다.

그는 자신의 머리에 권총을 들이대며 말했다.

"어서 도망가라!"

그리고 단발의 총성이 이어졌다.

타앙!

깔끔하게 자살한 그를 뒤로한 채 중동 요원들이 다시 걸음을 재촉했다.

그런 그들을 추격하며 정준철이 무전기를 잡았다.

"지금 갑천변 북쪽으로 괴한들이 도주 중이다. 1분대와 2분대는 정면, 3분대와 4분대는 측면을 맡아라!"

―치익, 알겠습니다!

그리고 그는 근방에 대기 중인 헬기에 무전을 보냈다.

"갑천변 북쪽에 공중 지원 바란다. 이상!"

―치익, 입감. 잠시 대기.

이윽고 정찰용 헬기 세 대가 흙먼지를 뿌리며 날아온다.

두두두두두!

제아무리 특수훈련을 받았다고는 하지만 국정원 요원들이 공중 지원까지 끌고 온 마당에 도망갈 틈은 보이지 않았다.

어차피 이대로는 제대로 목숨을 부지하기 힘들 것이다.

아랍연맹 요원들은 각자 품속에 지니고 있던 권총을 한 자루씩 꺼내 들었다.

철컥!

"어차피 걸리면 죽음이다! 죽든지 도망가든지 하나만 선택해라!"

그러자 인원의 절반이 죽음을 선택했다.

바로 뒤로 따라붙은 국정원 요원들의 발걸음을 막을 정도의 각도에서 총알이 발사되었다.

타앙!

"크헉!"

그로 인해 추격조의 대열이 잠시 정체되어 선두 열이 도망갈 시간을 벌어주었다.

동료에게 감사를 표할 시간은 없다.

이미 정준철이 물샐틈없는 작전을 펼치는 통에 몸을 피하는 것만으로도 벅찰 지경이었다.

"이런 빌어먹을! 무진장 끈질긴 놈들이군!"

이미 체력적으로는 일반인의 범주를 훨씬 상회하는 국정원 요원 중에서도 최정예로 선발된 수사팀원들은 벌써 15분째 전력질주를 하면서도 전혀 지친 기색을 보이지 않았다.

정준철은 앞서 도망가는 괴한들의 예상 도주로를 파악하여 골목길을 가로질렀다.

갑천 아파트 단지를 지나 초대형 마트가 있는 골목에 대기하고 있던 그의 눈에 전력질주하고 있는 괴한들의 모습이 보였다.

"잡았다, 이 쥐새끼 같은 놈들!"

이윽고 그의 권총이 불을 뿜었다.

타앙!

서격!

"크하악!"

복숭아뼈가 골절되며 고꾸라진 그에게 국정원 요원들이 달려와 포박을 실시했다.

"입에 재갈을 물려!"

"우웁!"

손발은 물론이고 입까지 막혀 자살은 불가능할 것이다.

정준철은 무전기로 공중 지원팀에 사살을 요청했다.

"공중팀, 지금 당장 괴한들의 사살을 요청한다."

―치익, 하나로 되겠나? 하나 더 잡는 것이 어떤가?

"괜찮다. 저놈도 사람이니 알아서 불겠지."

—치익, 양보. 사살 시작한다.

이윽고 헬기에 타고 있던 특전사 저격수들이 괴한들에게로 총구를 돌렸다.

퍼엉!

8㎜ 탄환이 불을 뿜으며 괴한들의 머리를 꿰뚫었다.

서격.

사방에 선혈을 뿌리며 고꾸라지던 괴한들을 바라보던 특전사 지원팀이 무전을 보냈다.

—치익, 굳이 죽여야 하는가? 원한다면 병신을 만들어줄 수도 있다.

무전을 들은 정준철이 미소를 지었다.

"그래주면 고맙지."

좁다란 골목으로 괴한들을 몰아넣은 특전사 저격수들은 정확하게 그들의 대퇴부를 타격하여 행동 불능 상태를 만들었다.

퍼엉! 퍼엉!

"커헉!"

이윽고 곧바로 체포에 돌입한 국정원 요원들이 그들의 입과 손발에 강철 와이어로 된 로프를 들이댔다.

"꼼짝 마라!"

"우읍!"

모두 여섯 명을 생포한 국정원은 시신들을 회수한 다음 신속히 시가지에서 철수하였다.

　　　　＊　　　＊　　　＊

　부하들이 체포당하고 난 후 아랍연맹 정보부는 패닉에 빠지고 말았다.

　이에 각국 대표들은 한국 정부에 협상을 요청하기 위해 특사를 파견하기에 이르렀다.

　그러나 요인 암살 후 도주하려 했던 그들에게 한국은 쉽사리 협상 테이블을 열어주지 않았다.

　"테러를 인정하게 되면 UN에서 항의가 들어올 겁니다. 더군다나 UN사무총장의 조국에서 테러와 손을 잡는 것이 말이나 된다고 생각합니까?"

　국정원장 추영수는 아랍연맹 특사에게 강경한 입장을 보였고, 그는 난색을 표했다.

　"이것 참, 우리끼리 왜 이러십니까? 우리는 우호 관계 아니었습니까?"

　"방금 당신들이 우호 관계에 금이 가는 짓을 했습니다. 이건 명백한 범죄 행위란 말입니다."

　더 이상 협상이 통하지 않을 것 같으니 협박을 해온다.

　"아무리 우리 측에서 실수했다고는 하지만, 이런 식으로 나오면 좋을 것이 없다는 것을 당신들이 더 잘 알 텐데요."

　추영수는 그를 보며 실소를 흘렸다.

　"아무리 우리 땅에서 기름 한 방울 나지 않는다고 해도 이런

치졸한 테러와 손을 잡을 것 같습니까? 어림도 없는 소리입니
다."

"테, 테러?!"

"다니엘 박사는 한국은 물론이고 세계적으로 주목받고 있
는 사람입니다. 지금은 우리나라에서 가장 유능한 사람과 함
께 일하고 있지요. 그런 그를 건드리고도 아무렇지도 않게 넘
어가려는 것이 말이나 된다고 생각하십니까?"

너무나 강경한 그의 반응에 아랍연맹의 특사는 끝내 협상을
포기했다.

"…그 말 책임질 수 있습니까?"

"대통령께서 직접 내리신 결정입니다. 번복은 없을 겁니다."

"신형 원자로와 수소발전이 있다 이겁니까?"

"산유국이 전부 중동에 있는 것만은 아니니까요. 당장 충당
할 기름은 러시아나 중국에서도 충분히 구할 수 있습니다. 제
재를 가하려거든 마음대로 하십시오."

한국은 지금 당장의 상황보다 조금 더 큰 패러다임을 보기
위해 강경책을 택한 것이다.

그 사실을 전달받은 추영수는 더 이상 볼 일이 없다는 듯 자
리에서 일어섰다.

"손님에 대한 예의가 아닌 줄은 압니다만, 저는 바빠서 이
만……."

그리고 홀로 남은 특사는 고개를 푹 숙일 뿐이었다.

　　　　　　*　　　*　　　*

　아랍연맹이 벌인 다니엘 스톤 박사 저격 사건에 대해 미국 역시 상당히 민감한 반응을 보였다.

　그들이 꾸민 정보 조작으로는 다니엘 스톤이 무작정 타국으로 망명했다고 나와 있기 때문이다.

　하지만 망명 절차도 밟지 않은 상태에서 그를 받아들여 미국을 적지는 멍청한 국가가 세상 어디에 있단 말인가?

　절대 권력의 제국은 아닐지언정 미국은 엄연히 강대국 중에서도 으뜸이기 때문이다.

　결국 막아봐도 터져 나오는 저격 사건에 대한 정보는 자꾸만 아랍연맹에게로 화살이 날아가고 있었다.

　이에 아랍연맹의 대표로 레바논의 정보부장이 비밀리에 한국을 찾았다.

　그리고 다니엘 스톤의 조국인 미국에서는 CIA국장이 입국했다.

　방음은 물론이고 도청과 CCTV의 개입도 없는 가운데 두 사람이 마주 앉았다.

　아직 다니엘 스톤을 감춰준 러시아의 정보국장이 도착하지 않아 약 30분의 시간이 남아 있었던 것이다.

　미국 CIA국장 존 테일러는 딱딱하게 굳어버린 표정으로 레바논의 정보부장을 바라보았다.

　"도대체 무슨 배짱으로 이런 행각을 벌였는지 모르겠군요."

미국과 한국은 물론이고 러시아가 관련된 일, 상황이 얼마나 걷잡을 수 없게 되었는지 알 수 있다.

레바논 정보국장은 난감하다는 듯 답했다.

"우리 정부의 뜻은 그런 것이 아니었는데, 정보부에서 뭔가 착각한 모양입니다."

"어떤 것을 말입니까?"

"아시겠지만 다니엘 스톤 박사를 죽일 생각은 전혀 없었습니다. 그저 등장을 늦추고 싶었을 뿐이지요."

"등장을 늦춘다……. 하여간 결과는 이 지경이 되었으니 레바논이 타격을 입을 각오는 해야 할 겁니다."

그의 말에 레바논 정보국장이 표정을 굳혔다.

"…자꾸 이렇게 나오실 겁니까?"

"일이 실패하면 이 지경이 될 것이라는 것은 누구보다 당신들이 더 잘 알고 있었을 텐데요? 아무리 세계 최대 산유국이라고 해도 그게 보호막이 될 수는 없습니다."

"……."

잠시 후, 한국과 러시아의 정보국장이 도착했다.

한국의 정보국장 추영수는 낮게 가라앉은 눈으로 그들을 바라보며 물었다.

"모두 준비는 되셨습니까?"

CIA국장은 슬쩍 미소를 짓는다.

"준비랄 것이 뭐 있습니까? 우리끼리 몇 마디 나눈다고 끝나는 문제도 아닐 테고 말입니다."

　러시아와 레바논 정보국장은 두 사람에게 자신들의 입장을 최대한 표명한다.

　"이대로 일이 커지는 것은 우리 모두에게 좋지 않습니다. 이제 와서 아랍연방과 당신들이 척을 진다고 좋을 것이 뭐 있겠습니까? 안 그렇습니까?"

　"맞습니다. 그건 그의 말이 맞습니다."

　그들의 발언에 추영수가 정면으로 반박한다.

　"그게 무슨 뚱딴지같은 소리입니까? 지금 수소발전을 저해하려던 목적을 은폐하겠다는 겁니까?"

　"은폐라기보다는……."

　"덮어둔다는 말로 정정해 주시죠."

　당황하는 레바논 정보국장을 두둔한 러시아 정보국장이 추영수를 보며 말했다.

　"지금 중동은 분쟁이 한창입니다. 그런데도 불구하고 유가 폭락이 일어난다면 무슨 일이 일어날지 아무도 모릅니다. 설마하니 한국에서 그걸 모르는 것은 아니겠죠?"

　"그렇다면 지금 죽어가는 저 사람은 어쩔 겁니까? CIA가 말씀해 보시죠. 당신들은 자국민에 대한 보호가 두터운 나라 아닙니까?"

　"당연히 그를 보호해야지요."

　"좋습니다. 그렇다면 레바논은 어떻게 이 사태를 수습할 겁니까?"

　"어째 합의금이라도 내어놓으라는 말투 같군요."

각자의 이득을 위해 모인 네 사람 사이에 좀처럼 타협점이
보이지 않는다.

그러나 사실 결론은 나 있는 상태이다.

결국 민감한 문제가 되고 있는 원유에 대한 가격을 인하하
고 수소발전을 장려하는 것이다.

하지만 이해관계가 얽힌 시점, 당장에 원만한 문제 해결을
기대하는 것은 다소 무리가 있어 보인다.

*　　*　　*

총격을 맞은 후 곧바로 병원으로 실려간 다니엘이 산소 호
흡기를 찬 상태로 병실에 누워 있다.

그런 그에게로 쉽사리 다가오지 못하는 사람은 다름 아닌
그의 딸이다.

병실 문틈 사이로 아버지의 모습을 힐끔힐끔 훔쳐볼 뿐이다.

아직까지 아버지와의 대화가 낯선 만큼 그의 곁에 다가서기
가 힘든 것이다.

은우는 그런 그녀를 보며 슬며시 인기척을 냈다.

"아버지께 먼저 다가가보는 것은 어떻습니까?"

흠칫 놀란 그녀가 황급히 병실 문을 닫으며 고개를 저었다.

"시, 싫어요."

"어째서 그렇습니까?"

"아빠는… 어차피 내가 옆에 다가가 봤자 진심으로 기뻐하지

않을 거예요. 그래서 엄마가 나까지 버리고 도망간 거니까요.”

“당신은 아버지가 정말 딸을 사랑하지 않는다고 생각하시는 겁니까?”

“…가정을 깬 것도 아빠고 나를 버린 것도 아빠예요. 더 이상 무슨 말이 더 필요할까요?”

“당신의 아버지는 당신을 되찾기 위해 연구에 몰두한 겁니다. 그렇지 않았다면 당신의 이름을 따서 원소의 이름을 붙였을까요?”

“그, 그건…….”

“만약 이대로 아버지가 돌아가신다면? 그때도 이렇게 숨어서 아버지를 지켜볼 수 있을 것 같습니까? 하긴 무덤에 들어가 있는 박사님은 앞을 볼 수 없으니 마주칠 일은 없겠지요.”

순간 그녀의 동공이 흔들렸다.

“아, 아빠가 죽는다고……?”

“사람은 언젠가 죽는 법입니다. 난 순서는 있어도 가는 순서는 없다고 누가 그러더군요. 고로 당신의 아버지 역시 언젠가는 숨을 거두고 말 겁니다.”

“그런 말도 안 되는 일이…….”

아마 그녀가 아버지에게 다가설 수 없는 결정적인 이유는 가정을 파괴한 아버지를 받아들일 수 없었기 때문이다.

그 사실을 어렴풋이 알고 있는 은우는 수소발전의 장려를 위하여 다니엘을 이용하면서 그 보답으로 딸을 되찾아주려 했던 것이다.

은우는 그녀를 다시 설득했다.

"당신은 어렴풋이 알고 있을 겁니다. 아버지가 어째서 그토록 연구에 몰두했는지 말입니다. 그리고 당신이 과학자가 되려 했던 것은 아버지를 동경했기 때문 아니었습니까? 그리고 당신이 과학자고 되면 아버지를 이해할 수 있을 것이라면 작은 희망도 한몫을 했겠지요."

산소 호흡기에 의지한 채 누워 있는 그를 바라보며 켈리가 눈시울을 붉혔다.

"그, 그건……."

"사람은 후회를 하게 마련입니다. 하지만 지금처럼 자신 안의 껍질을 깨지 못한 채 용기 없이 후회하지 않을 수 있는 기회를 놓치는 것만큼 멍청한 짓은 또 없을 겁니다."

은우의 말에 그녀가 입을 꾹 다문 채 아버지를 가만히 바라보았다.

그리고는 뭔가 결심한 듯 문을 열고 병실로 들어섰다.

켈리는 창백한 안색의 다니엘을 바라보며 참았던 눈물을 쏟아냈다.

"흑흑! 왜 이러고 누워 있어? 딱 3년만 기다리라고 아빠가 그랬잖아!"

그녀의 눈물이 떨어져 다니엘의 얼굴을 적시자 기적 같은 일이 벌어졌다.

그의 손이 움직여 스스로 켈리의 손목을 잡은 것이다.

"으음……."

그러자 그녀가 놀라서 다니엘의 얼굴을 잡아 흔들었다.

"아, 아빠?!"

가까스로 눈을 뜬 다니엘이 믿을 수 없다는 듯 작게 읊조렸다.

"하, 하느님, 감사합니다."

다시는 볼 수 없을 것이라 생각했던 딸을 이렇게 가까이서 본다는 것은 그에게 더없는 감동일 것이다.

이윽고 억지로 몸을 일으킨 다니엘이 켈리에게 말했다.

"미안하구나. 지금까지 작은 약속 한번 지킨 적이 없어서 말이야."

"그걸 아는 사람이 이렇게 누워 있어?"

다니엘은 두 팔을 벌려 딸을 안아주었다.

"다시는 너를 혼자 두지 않을게."

"흑흑, 정말이지?"

"이제 더 이상 연구에 미쳐 가족을 버리는 일 따위는 절대 없을 거야."

러시아 오두막에 갇혀 있던 시간, 다니엘은 자신에게 가장 중요한 것이 무엇인지 깨달았던 것이다.

남자에게 가장 중요하고 소중한 것은 다름 아닌 가족이었던 것이다.

*　　*　　*

아랍연맹의 저격 테러에 대한 의혹은 그들이 수소발전을 지지한다는 공식 성명이 발표된 다음에서야 사그라지게 되었다.

덕분에 은우의 수소발전기는 자동적으로 국제 기준을 통과하였고, 조만간 수소자동차가 개발될 예정이다.

결국 산유국들의 입을 꾹 다물게 만든 것은 은우의 전략이었던 것이다.

이제는 정보부 암살자의 생활을 모두 청산한 이브라힘이 대전 둔산동에 집을 얻었다.

지금까지의 생활과는 다르게 정식으로 강진테크놀로지에 입사하기로 한 것이다.

첫 출근을 하루 앞둔 날, 그는 동생들이 잠든 밤을 홀로 지새우고 있었다.

한국에 와서 처음으로 마셔본 이 소주라는 것은 아직 성인이 되지 않은 그에게 있어 그야말로 신세계와 같았다.

신분증을 새로 만드는 과정에서 한 살을 더 높게 잡은 덕분에 한국에서 성인이 된 그는 자유롭게 술을 마실 수 있지만, 어쩐지 창피한 마음에 이렇게 집에 앉아 혼자 술을 마시고 있다.

꿀꺽!

"크흐!"

걸쭉한 감탄사와 함께 소주가 목구멍을 타고 흐른다.

잔을 내려놓고 다시 술을 따르려던 그는 불현듯 울리는 초인종 소리에 고개를 돌렸다.

딩동!

자동적으로 자리에서 일어선 이브라힘이 문을 열었다.

“누구세요?”

밖에는 은우가 웃는 낯으로 서 있었다.

“이 머리에 피도 안 마른 놈이 혼자서 술을 퍼마시고 있네?”

“사장님? 이 밤에 이곳까지 어떻게 오셨습니까?”

미소를 지은 은우가 그의 가슴팍을 주먹으로 살짝 쳤다.

“복도 많지. 그 먼 곳을 한달음에 달려오는 여자도 있고 말이야.”

순간, 그의 뒤에서 금발의 아름다운 미녀가 모습을 드러냈다.

“잘 있었어요?”

그녀의 갑작스러운 등장에 이브라힘의 얼굴에 미소가 번졌다.

“릴리야?!”

그의 미소에 쑥스러운 듯 그녀가 고개를 숙였다.

“혹시라도 내가 여기까지 온 것이 불편하다면……”

“아, 아닙니다! 그럴 리가 있습니까?”

그가 허겁지겁 고개를 저었다. 잘못하면 고개가 떨어져 나갈 판이다.

수줍음 가득한 만남을 지켜본 은우는 알아서 자리를 피해주었다.

＊　　　＊　　　＊

강남의 한 병원. 1인 특실을 혼자서 사용하는 그녀의 이름은 황서현.

대한민국 재계의 큰손인 황금식의 손녀딸이다.

경영과는 담을 쌓을 정도로 유약한 심성의 그녀는 작곡에 재능을 보이고 있었지만, 그 역시 몸이 약해 제대로 공부를 할 수가 없었다.

그러던 어느 날, 황금식의 눈에 피눈물이 나는 사건이 일어나고 말았다.

친언니인 주현과 함께 쇼핑을 나가던 중 교통사고가 난 것이다.

차량의 측면을 들이받은 것은 덤프트럭이었고, 트럭은 그녀의 유약한 몸을 압도하여 순식간에 뇌사상태로 만들어 버렸다.

동생의 사고로 인하여 언니는 한 달간 폐인이 되어버렸고, 황금식은 유일한 혈육인 두 손녀 때문에 두 발을 뻗고 잠을 잘 수가 없었다.

하지만 지금은 그 누구보다 왕성한 식욕과 건강한 육체, 그리고 활발한 생체리듬을 가지고 있다.

마지막 검사를 마친 황서현이 성인 남성 두 명이 먹어도 모자랄 양의 식사를 마구 먹어치우고 있었다.

그 모습을 바라보며 황금식은 속으로 안도의 한숨을 내쉬었다. 조금 이상한 것이 있다면 그녀의 모습이 너무나 낯설고 무섭기까지 하다는 것이다.

하지만 자신의 유일한 혈육인 손녀들은 눈에 넣어도 아프지 않을 황금식이다.

"정신을 차리니 좋구나. 기분은 좀 어떠니?"

게걸스럽게 식사를 하던 그녀가 미소를 짓는다.

"좋아요. 식욕도 이렇게 왕성하고요."

말투를 들어보니 예전의 귀엽던 손녀딸이 분명하다.

괜한 걱정을 했다고 생각했는지 황금식이 손녀의 긴 생머리를 쓰다듬었다.

"앞으로는 이 할아비 놀래킬 생각일랑 하지 말거라. 알겠지?"

"알겠어요, 할아버지."

이윽고 수저를 놓은 그녀가 말했다.

"그럼 이렇게 하면 어때요? 제가 할아버지 회사에 들어가서 일을 배울게요. 그럼 할아버지와 자주 함께할 수 있고, 사고를 당할 위험도 적어질 것 아니에요?"

이제까지 사업에 관한 것은 언니에게 모두 맡겨놓고 자신은 집에만 처박혀 있던 둘째 손녀의 선언에 황금식이 함박웃음을 지었다.

"허허허! 정말이냐? 정말 이 할아비에게 일을 배울 생각이 있는 거야?"

"물론이죠. 예전부터 그랬지만 몸이 좋지 않아서 미루고 있었을 뿐이에요."

"아이고, 내 새끼! 그럼 그렇지, 네 아비 피가 어디로 가겠니?"

사업 수완으로는 그 누구도 따라올 수 없었던 그의 아들 황성욱은 사고로 죽기 전까지 유라시아 지역을 누비며 그 명성을 떨치던 사람이다.

황금식은 그런 기대를 두 손녀에게 걸고 있었던 것이다.

기쁨이 가득한 그의 얼굴을 바라보는 첫째 손녀 황주현은 어쩐지 어색한 미소를 짓고 있다.

그런 언니를 바라보던 서현이 의미심장한 미소를 짓는다.

"이제 우리 가족이 떨어질 일은 없어. 죽을 때까지 말이야."

"…그래, 기쁘구나."

할아버지의 손을 꼭 잡고 있는 서현의 병실 탁자 위에는 강진테크놀로지에서 발표한 신기술에 관한 팸플릿이 놓여 있다.

"할아버지, 제가 병원을 나서면 먼저 일을 하기 전에 가보고 싶은 곳이 있어요."

"그래? 그곳이 어디냐?"

그녀는 팸플릿을 들어 황금식을 바라보며 말했다.

"이 사람이 있는 곳이요."

팸플릿을 들고 있는 그녀의 얼굴에 어쩐지 서늘한 살기가 느껴졌다.

『총수의 귀환』 2권에 계속…

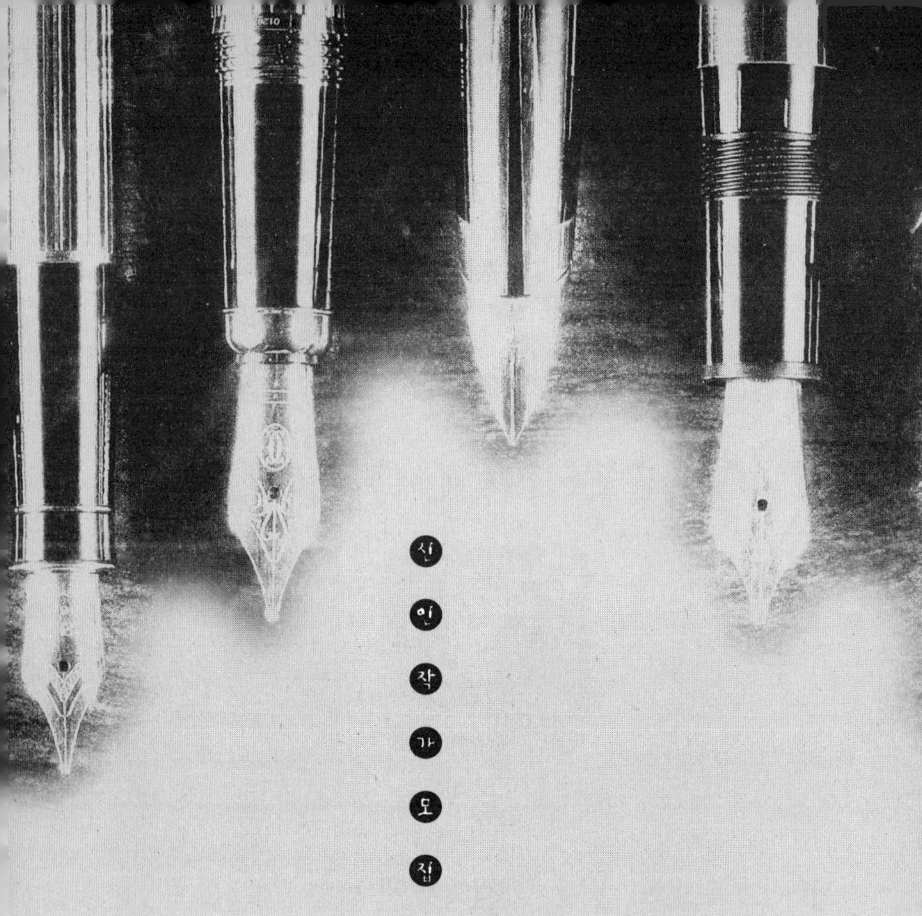

FANTASTIC ORIENTAL HEROES
백야 新무협 판타지 소설
낭인천하
浪人天下
낭인천하
浪人天下
2
1
백야 新무협 판타지 소설
2012년 겨울, 전율적인 무협이 찾아온다!
정통 무협의 대가, 백야.
이번에는 낭인의 이야기로 돌아오다!
「낭인천하」
어린 아들 둘을 이끌고 유주에 나타난 낭인, 담우천.
정체를 알 수 없는 낭인의 발걸음에 잠자고 있던 무림이 격동하기 시작한다.
앞을 가로막는 자, 베리라. 내 가족을 노리는 자, 처단하리라!
사랑하는 아내의 손을 잡는 그날까지
한겨울 매서운 삭풍을 뚫고
낭인의 무(武)가 천하를 뒤흔든다!

무정철협

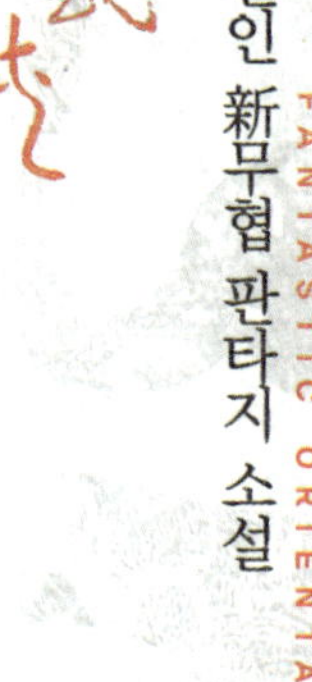

「두령」, 「사마쌍협」, 「장홍관일」의 작가 월인
2013년 벽두를 여는 신무협이 온다!

삭초제근(削草制根)!
일단 손을 쓰면 뿌리까지 뽑아버렸다.

무정(無情)!
검을 들면 더 이상 정을 논하지 않았다.

그래서 나는 무정철협이 되었다.

진정한 협(俠)을 아는가!
여기 철혈의 사내 이한성이 있다!

「무정철협」

ALCHEMIST
알케미스트

FUSION FANTASTIC STORY 시이람 장편 소설

2013년, 또 하나의 현대물이 깨어난다.
현대에서 펼쳐지는 연금마법진의 진수!

인간 최초의 9서클을 이룩한 마법사 아스란.
죽음의 위기에서 그가 남긴 유지가
차원을 넘어 지구에 떨어진다.

일리미트 비블리어시카(Illimite bibliotheca)!

그 무한한 힘과 지식을 얻게 된 김창준.
3년 전으로 돌아간 날을 기점으로,
삶이, 인생이, 그의 희망이 바뀐다!

**현대에 강림한 진정한 마법사의 전설!
끝도 없이 세상을 향해 날개를 펼치다!**